Compiègne 1918 – Vajont. Zwei Erzählungen

The Armistice – Vajont. Two Stories

Simon Weipert

Compiègne 1918 – Vajont.
Zwei Erzählungen

The Armistice – Vajont.
Two Stories

Bibliografische Information der Deutschen Nationalbibliothek:
Die Deutsche Nationalbibliothek verzeichnet diese Publikation in der Deutschen Nationalbibliografie;
detaillierte bibliografische Daten sind im Internet über http://dnb.d-nb.de abrufbar.

© 2015 Simon Weipert
Satz, Umschlaggestaltung, Herstellung und Verlag: BoD – Books on Demand
ISBN: 978-3-7386-7134-6

Inhalt

Compiègne 1918	7
Nachwort	75
Vajont	76
The Armistice	113
Afterword	173
Vajont	174

COMPIÈGNE 1918

Der Garten hinter dem Haus lag wie erstarrt im dichten Nebel des Novembermorgens. Die milchigen Konturen von Bäumen, Büschen und Hecken verschwammen im dunklen Grau des Himmels, das die Erde mit kalter Feuchte bedeckte. Kein Zeichen von Leben regte sich auf der von absterbendem Moos bedeckten ehemaligen Rasenfläche, hinter der sich eine alte Thujahecke erhob, deren Wipfel vergeblich den Nebel zu durchdringen suchten.

„Welch ein Morgen!", sagte Andrea.

„Er passt zum Anlass unserer Reise", antwortete Christian. „Aber ich bin ja da, um dir zu helfen. Wir müssen heute noch die Zimmer im ersten Stock und das Arbeitszimmer durchsehen."

„Ja, ich weiß, aber wir kommen gut voran", sagte Andrea und warf einen kurzen Blick in das Büro ihres vor kurzem verstorbenen Vaters.

„Fangen wir am besten hier an", fuhr sie fort. „Ich glaube, hier ist am meisten zu tun."

„Das stimmt. Die Ergebnisse eines langen Übersetzerlebens..."

„Gegen Ende seines Berufslebens hat dein Vater doch vor allem Bücher übersetzt, oder?"

„Ja, einige philosophische Werke. Das war schon immer sein Hobby. Wir müssten hier noch einige Manuskripte finden."

Sie sahen sich in dem großen Raum voller alter, hoher Bücherregale um, wo alle Bücher systematisch aufgereiht waren. Plötzlich entdeckte Christian ein älteres Buch über französische Literaturgeschichte. Er drehte sich um und sagte:

„Hier ist ein Buch über Flaubert. Hat es deinem Vater gehört?"

„Nein, ich glaube nicht. Es sieht eher so aus, als ob es meinem Großvater gehörte."

„Was war eigentlich dein Großvater von Beruf?"

„Er war Dolmetscher und hat bei mehreren Firmen gearbeitet… wo genau, weiß ich nicht", antwortete Andrea, und sie machten sich an die Arbeit.

Nach einigen Stunden hatten sie einen Teil der Bücher und Manuskripte gesichtet und beschlossen, eine kleine Pause einzulegen.

Während sie im Wohnzimmer saßen, durchbrachen die ersten Sonnenstrahlen die dicke Nebelschicht und ließen sie golden aufleuchten.

„Wer hätte erwartet, dass heute noch die Sonne scheint?", sagte Andrea.

„Ja, es ist schon fast ein Wunder", antwortete Christian, und beide beobachteten, wie die ersten Vögel auf dem Rasen nach Nahrung suchten.

„Machen wir weiter", sagte Christian nach einer Weile und öffnete einen Bücherschrank mit dicken Konvoluten von Manuskripten. Nach etwa einer halben Stunde hielt er plötzlich inne und sagte, während er Andrea ein Bündel von Hand beschriebener Seiten zeigte:

„Schau mal, was ist denn das?"

„Es scheint eine Art Bericht oder Tagebuch zu sein", antwortete Andrea.

„Ist dieses Manuskript von deinem Vater? Die Schrift ist ganz anders als in den anderen Aufzeichnungen."

„Ja, das stimmt. Diese Seiten könnten von meinem Großvater

stammen. Dazu passen auch das stark vergilbte Papier und die altertümliche Schrift. Ich kann sie nur schwer entziffern... Es scheint um den Ersten Weltkrieg zu gehen. Wir nehmen das Manuskript mit. Vielleicht werde ich zu Hause versuchen, es zu lesen."

„Hier ist noch eine ganze Anzahl Briefe. Sie sind in einer fremden Sprache geschrieben... sieht aus wie Russisch", sagte Christian.

„Ja, das ist Russisch. Diese Sprache habe ich mal an der Uni gelernt. Ich müsste meine Kenntnisse nur etwas auffrischen... Die Briefe stammen von einer gewissen Nadjeschda. Das war sicher keine Bekannte meines Vaters. Wahrscheinlich waren die Briefe an meinen Großvater gerichtet", antwortete Andrea.

„Auch ich habe an der Uni ein bisschen Russisch gelernt... Nadjeschda bedeutet ‚Hoffnung'."

„Richtig. Auch diese Briefe werde ich mir vielleicht einmal ansehen, wenn ich Zeit dazu habe."

„War dein Großvater je für längere Zeit in Russland?"

„Ich glaube, er war während des Ersten Weltkrieges in der Ukraine stationiert. Vielleicht können wir mehr darüber herausfinden."

„Ja, hier scheinen noch einige Dokumente zu sein... Das sieht aus wie ein Soldbuch, ausgestellt auf Leutnant Karl Mergentheimer. Dein Großvater war offenbar auch während des Krieges Dolmetscher. Weißt du für welche Sprachen?"

„Soweit ich weiß, war er Dolmetscher für Englisch, Französisch und Russisch."

„Das waren genau die Sprachen, die damals gebraucht wurden."

„Ja, das stimmt. Er hatte Glück, dass er als Dolmetscher arbeiten konnte. Vielleicht hat ihm das das Leben gerettet."

„Wie alt war eigentlich dein Großvater, als der Erste Weltkrieg zu Ende ging?"

„Er wurde 1888 geboren. Er war also 30 Jahre alt... Hier ist übrigens noch ein Bild. Das müssen mein Großvater und seine Frau sein. Sie sehen so aus wie auf anderen Bildern, die mir meine Eltern gezeigt haben." Das Bild zeigte einen mittelgroßen Mann mit kurzen, dunkelbraunen Haaren und braunen Augen in einer deutschen Heeresuniform neben einer etwas kleineren, blonden Frau.

„Dieses Bild nehmen wir auch mit. Es ist das einzige Bild, das wir bis jetzt gefunden haben. Was aus den anderen geworden ist, weiß ich nicht."

Sie steckten die Dokumente, Aufzeichnungen und Briefe in eine Ledertasche und arbeiteten weiter bis zum frühen Nachmittag. Während sie zu Mittag aßen, blickten sie vom Wohnzimmer hinaus in den Garten, der mittlerweile in hellem Sonnenschein lag. Nach langer Zeit waren die Hochnebelschwaden der Sonne gewichen, die für einige Stunden das Haus in ein warmes Licht tauchte, bevor mit der Kühle des Abends der Nebel zurückkehrte.

Am frühen Abend machten sich Andrea und Christian auf den Heimweg von der rheinischen Provinzstadt nach Frankfurt. Zu Hause angekommen, begann Andrea die Aufzeichnungen ihres Großvaters näher in Augenschein zu nehmen. Es handelte sich offenbar um eine Erzählung von Kriegserlebnissen aus dem Jahr 1918, die auf seinem Tagebuch beruhte. Als Andrea einen Teil der Aufzeichnungen durchgesehen hatte, stockte sie plötzlich, rief ihren Mann und sagte:

„Christian, schau mal... offenbar war mein Großvater als Dolmetscher bei den Waffenstillstandsverhandlungen im Wald von Compiègne dabei. Er beschreibt genau, wie die deutsche Delegation im Auto die Frontlinie überquert und mit dem Zug nach Compiègne gebracht wird. Auch die Verhandlungen werden ausführlich beschrieben."

„Das ist ja eine kleine Sensation! Historiker würden sich mit Sicherheit dafür interessieren."

„Das stimmt. Aber zuerst muss ich mir selbst alles genau durchlesen. Langsam gewöhne ich mich an die Schrift… Leider habe ich wohl erst in den nächsten Ferien Zeit, mich eingehend damit zu beschäftigen."

„Ja, in drei Tagen geht mein Urlaub zu Ende, und die Schule fängt wieder an."

Obwohl Andrea in den kommenden Wochen völlig mit ihrer Arbeit als Lehrerin an einem Gymnasium beschäftigt war, fand sie doch immer wieder Zeit, ab und zu einen Blick in die Manuskripte ihres Großvaters zu werfen. Aber erst zu Beginn der Weihnachtsferien konnte sie die ganzen Aufzeichnungen im Zusammenhang studieren und verbrachte oft halbe Nächte im Arbeitszimmer, während derer sie immer tiefer in die Welt ihres Großvaters eintauchte.

Die Erzählung begann Anfang 1918, als ihr Großvater auf dem Weg von Nordfrankreich in die Ukraine war und unterwegs einige Tage im Haus seiner Eltern in einer kleinen Stadt bei Aachen verbrachte.

„Mittlerweile sind drei Tage vergangen, seit ich Lille verlassen habe, wo ich seit über zwei Jahren als Dolmetscher bei der deutschen Militärverwaltung gearbeitet hatte. In der letzten Nacht, die ich dort verbrachte, hörte ich deutlich den Geschützlärm der etwa 60 Kilometer entfernten Front. Vor allem die Abschüsse der großkalibrigen Geschütze waren deutlich zu hören und riefen in meinen unruhigen Träumen immer wieder Erlebnisse der letzten Jahre wach. Ich sah die Häuserruinen von St. Quentin, die verstümmelten und durch Gas erblindeten Verletzten im Lazarett von Cambrai, die abgemagerten Kinder, die gesprengten Brücken, abgeholzten Wälder und überfluteten Äcker. Erst nach langer Zeit fand ich einige Stunden wirklichen Schlafes, bevor am nächsten Tag meine lange Reise nach Odessa begann.

Einige Tage später habe ich bei meinen Eltern zum ersten Mal seit längerer Zeit wirklich fest geschlafen, obwohl ich auch dort noch den Geschützlärm zu hören meinte. Zwar hielt ich das eigentlich für unmöglich, doch erzählten mir am nächsten Tag mehrere Nachbarn, dass das Feuer der großen Kanonen an manchen Tagen mit starkem Westwind auch aus dieser Entfernung noch als an- und abschwellendes Summen zu hören sei.

Am Nachmittag kam Elisabeth, der ich eine Woche zuvor von meiner Reise berichtet hatte. Sechs Monate hatten wir uns seit meinem letzten Urlaub nicht mehr gesehen, und eineinhalb Jahre waren seit unserer Verlobung vergangen. Wie immer wenn ich nach längerer Zeit im Urlaub nach Hause kam, erschien mir die friedliche Heimat fremd, und ich fühlte mich am Anfang, als hätte ich einen fernen Planeten betreten, auf dem vieles völlig anders war als in der mir mittlerweile wohlbekannten Welt des Krieges. Wir verbrachten den Nachmittag mit einem langen Spaziergang in der Februarsonne, die die Felder in kräftigen Farben leuchten ließ und die erste Wärme des Frühlings ankündigte. Sie berichtete mir von den Erlebnissen der letzten Monate, vom Hunger und den kärglichen Mahlzeiten aus Steckrübensuppe und Kriegsbrot. Die Entbehrungen waren ihr und ihren Eltern wie auch den anderen Menschen deutlich anzusehen, und doch hatten sie wie auch Elisabeth ihren Lebensmut nicht verloren. Manchmal lachten wir über die Steckrübenrezepte in den Kochbüchern, die noch das dürftigste Gericht aus Rüben und Kartoffelmehl wie einen Leckerbissen aussehen ließen. Bald sprachen wir über unsere Zukunftspläne, über die Zeit nach dem Krieg, unsere Hochzeit und unsere zukünftige Familie, und ich erzählte ihr von meiner Reise in die Ukraine und meinen Erwartungen.

„Die Ukraine ist ein ganz anderes Land als Frankreich", sagte sie.

„Ja, dort ist vieles völlig anders als bei uns in Westeuropa, aber ich kenne Russland und die Ukraine ein wenig und werde mich zurechtfinden."

„Wie lange wird es dauern, bis wir uns wiedersehen?", fragte sie mit einem Ausdruck verborgener Trauer in ihrer Stimme.

„Ich weiß nicht, wie lange ich in Odessa bleiben muss und wie lange der Krieg noch dauern wird."

„Sehr lange kann es nicht mehr dauern. Es gibt Gerüchte über eine bevorstehende Offensive im Westen, die den Krieg beenden soll, aber das Ende des Krieges erwarten wir jetzt schon so lange…"

„Ja, es sind Vorbereitungen für einen Angriff im Gang, aber wer weiß, ob uns dieses Mal der große Durchbruch gelingt? Ich darf es eigentlich nicht sagen, aber manchmal wirkt es auf mich wie das letzte Aufgebot."

„Die meisten Leute sind jetzt, da ein Ende des Krieges mit Russland bevorsteht, voller Zuversicht, aber wenn ich mir unsere Ernährung anschaue, weiß ich nicht, wie lange es noch so weitergehen kann."

„Wie auch immer der Krieg endet – das Wichtigste ist, dass er zu Ende geht."

„Ja, dann geht auch die Zeit der Abschiede zu Ende", sagte Elisabeth, und wir umarmten uns im Wissen, dass wir am nächsten Tag einander würden Lebewohl sagen müssen in der Hoffnung auf ein Wiedersehen.

Am nächsten Morgen war dann nach den wenigen gemeinsamen Stunden wieder der Augenblick des Abschieds gekommen. Am Bahnhof umarmten wir uns ein letztes Mal fest und innig mit einem Ausdruck von Trauer, Sehnsucht und Hoffnung, bevor für mich eine neue Reise ins Ungewisse begann.

Westlich des Rheins waren die meisten Passagiere auf den Bahnhöfen Soldaten, die nach Westen unterwegs waren, während mich mein Weg in die umgekehrte Richtung führte, einer mir vage bekannten, aber doch geheimnisvollen Welt entgegen. Die Hügel, Berge und Täler Westdeutschlands leuchteten in der Vormittagssonne wie ein letzter Gruß der Heimat auf dem langen Weg in die Ferne. Beim Umsteigen am Schlesischen Bahnhof in Berlin sah ich, wie sehr der Krieg auch hier seine Spuren hinterlassen hatte. Überall blickte ich in tiefernste Gesichter, in denen sich der Kampf um das tägliche Überleben widerspiegelte, und auch hier begegneten mir Soldaten an Krücken oder in selbstgebauten Rollstühlen, denen Arme oder Beine fehlten. Einer von ihnen kauerte an dem Bahnsteig, von dem mein Zug abfahren sollte, und sah mich mit jenem Ausdruck von Angst, Verzweiflung und Wahnsinn an, der eine Ahnung von den unbeschreiblichen Wunden der Seele vermittelte.

Abends bestieg ich dann den Zug nach Odessa, der erst mit längerer Verspätung abfuhr. Nachts, nachdem wir Warschau passiert hatten, öffnete ich eines der Fenster auf dem Gang und blickte hinaus in die Landschaft Südpolens. In der kalten Luft der klaren Nacht zeigten sich die Sterne am tiefschwarzen Himmel, der die Wälder und Dörfer als Teil einer Welt jenseits aller Kriege erscheinen ließ und selbst dem allgegenwärtigen Tod seinen Schrecken nahm. Es war einer jener Augenblicke, die uns erahnen lassen, dass die menschliche Welt mit ihrer gewaltsamen Endlichkeit nur eine kleine Insel im Ozean des Alls ist.

Am Morgen des nächsten Tages erreichte der Zug die Grenze der Ukraine, wo der Vormarsch der deutschen Armee in vollem Gang war. Auf allen größeren Bahnhöfen sah ich deutsche und österreichisch-ungarische Soldaten. Sie bestiegen Züge, die sie immer weiter nach Osten brachten, ohne dass die sich auflösende russische Armee sie noch aufzuhalten vermochte.

Gegen Abend durchfuhren wir schließlich die Ebenen der Südukraine, in deren Weiten Bauernhäuser und Dörfer verloren wirkten wie einsame Reisende auf dem Weg durch eine unendliche Landschaft. Nach meiner Ankunft in Odessa meldete ich mich am nächsten Morgen bei der österreichisch-ungarischen Kommandantur als Dolmetscher und Verbindungsoffizier. Die Stadt war erst vor wenigen Tagen von österreichischen Truppen eingenommen worden, und viele Bewohner wirkten noch immer wie überwältigt von dem Wandel, der sich in ihrer Stadt vollzogen hatte. Es war das erste Mal, dass ich Odessa sah, die breiten Alleen, in denen sich die ersten Vorboten des Frühlings zeigten, und die Küste des Schwarzen Meeres mit ihren weiten Sandstränden. Mir wurde zusammen mit einem österreichischen Offizier eine Wohnung in der Innenstadt zugewiesen, die nicht weit vom Stadtpark an einer belebten Hauptstraße lag. Sie hatte früher einem russischen Kaufmann gehört, der vor der Ankunft der österreichisch-ungarischen Armee die Stadt verlassen hatte. Sie erinnerte mich an Wohnungen in den großbürgerlichen Vierteln deutscher Großstädte und war mit einem Bad mit fließendem Wasser sehr komfortabel ausgestattet. Außerdem stand im Wohnzimmer zu meiner großen Freude ein Klavier, auf dem ich in meiner Freizeit zu spielen begann, nachdem ich während mehrerer Jahre kaum Gelegenheit dazu gehabt hatte. Als ich mir Noten besorgt hatte, übte ich mehrere Stunden pro Woche einige Beethoven-Sonaten und die Wanderer-Fantasie von Schubert, die früher zu meinen Lieblingsstücken gehört hatte. Am Anfang waren meine Finger noch etwas steif, aber nach einiger Zeit klangen die Stücke fast wie früher, und die Musik erlaubte mir, den Alltag einer Stadt im Krieg für einige Stunden zu vergessen und mich wie in meiner Jugend meinen Träumen hinzugeben.

Meine dienstlichen Aufgaben bestanden zu dieser Zeit darin, für die sprachliche Verständigung zwischen den österreichischen Offizieren und den ukrainischen Verwaltungsbeamten zu sorgen und Berichte über die Lage in der Ukraine zu verfassen und an die deutsche Heeresleitung zu übermitteln. Sehr rasch wurde mir bei dieser Arbeit klar, wie schlecht die Versorgungslage in der Ukraine war und dass die Versprechungen der deutschen Armeeführung, die Besetzung der Ukraine werde die Ernährung der deutschen Bevölkerung verbessern, sich nicht bewahrheiten würden. Auch den Menschen, die mir auf der Straße begegneten, den bettelnden Kindern und ausgemergelten Männern und Frauen, sah ich an, wie sehr Hunger und Krankheiten ihr Leben verändert hatten, und schon in den ersten Tagen las ich Berichte über Typhus und Cholera, die nur wenige Familien verschonten. Der Stadtpark von Odessa mit seinen breiten Wegen und großen Laubbäumen wirkte im erwachenden Frühling dagegen wie eine Oase inmitten des Krieges und der Entbehrung, die mich an Elisabeth, meine Familie und eine bessere Zeit in der Heimat denken ließ.

Der österreichische Offizier, mit dem ich zusammenarbeitete, war Major Heindl. Er war ein großer, dunkelhaariger Mann Mitte vierzig und einer der für die Überwachung der Stadtverwaltung zuständigen Offiziere. Er kannte Galizien und die Ukraine schon seit langem und hatte auch in Odessa Kontakte zu einigen Familien, die wie ich seine Liebe zur Musik teilten. Eines Abends erzählte er mir, dass er am übernächsten Tag bei einem jüdischen Lehrer und seiner Frau eingeladen sei, deren Tochter eine angehende Pianistin sei, und fragte mich, ob ich mitkommen wolle. Ich nahm die Einladung gerne an, zumal die Stadt für mich noch fremd war, und hoffte, auf diese Weise die Menschen dort näher kennenzulernen. Major Heindl pflegte wesentlich mehr Umgang mit seinen Offizierskameraden als ich, teilte aber nicht den Antisemitismus, der sich auch im deutschen Heer umso mehr ausbreitete, je länger entscheidende Erfolge an der Westfront ausblieben.

Zwei Tage später trafen wir uns abends kurz vor acht Uhr

in seinem Büro und machten uns auf den Weg. Es war in den Tagen zuvor zunehmend wärmer geworden, und der Seewind des Frühlings erinnerte mich an die Küsten und die Städte Südfrankreichs und Italiens. Nach etwa einer Viertelstunde erreichten wir ein Haus in einer Seitenstraße, gingen durch einen Torbogen in den Hinterhof und stiegen die Treppe in den vierten Stock hinauf. Auf unser Klopfen öffnete ein eher kleiner, dunkelhaariger Mann von etwa 40 Jahren und bat uns einzutreten, während seine Frau den Tisch deckte.

„Herzlich willkommen", sagte er. Major Heindl bedankte sich für die Einladung und stellte mich vor:

„Herr Goldstein, das ist Leutnant Mergentheimer, von dem ich Ihnen schon erzählt habe".

Nachdem Herr Goldstein auch mich begrüßt hatte, rief er seine Tochter aus dem Nebenzimmer und sagte:

„Nadjeschda, hier sind unsere heutigen Gäste, Major Heindl und Leutnant Mergentheimer."

Nadjeschda lächelte kurz und gab mir die Hand. Sie war etwa 20 Jahre alt, zierlich und hatte dunkelbraune Augen und lange, schwarze, leicht gelockte Haare.

Nach einigen Augenblicken kam ihre Mutter, eine kleine Frau mit langen schwarzen Haaren und dunkelbraunen Augen, und bat uns, Platz zu nehmen.

„Es tut mir leid, dass wir Ihnen nichts Besseres anbieten können als diese Suppe und etwas Brot, aber mehr war nicht zu finden", sagte sie.

„Um Gottes willen", antwortete Major Heindl, „Sie brauchen uns nichts zu erklären. Wir kennen die Ernährungslage und wissen es ehrlich zu schätzen, dass Sie uns überhaupt eingeladen haben. Sobald ich eine größere Ration Lebensmittel auftreiben kann, werde ich mich erkenntlich zeigen und Ihnen einen Teil zukommen lassen. Aber jetzt erzählen Sie uns doch: Wie geht es Ihnen und Ihrer Familie?"

„Wenn man von der Lebensmittelknappheit absieht, eigentlich ganz gut. Jetzt, da das Chaos der letzten Wochen und Monate zu Ende ist, kommen unsere Schüler wieder regelmäßig zum Unterricht, und es gibt auch weniger Schikanen gegen uns als früher", sagte Herr Goldstein.

„Ja, früher muss Ihre Lage wirklich schlimm gewesen sein."

„Das stimmt…", antwortete er und senkte den Kopf. Wir spürten deutlich, dass unsere Gastgeber nicht darüber sprechen wollten, und wandten uns anderen Themen zu. Ich erfuhr aus den Gesprächen, dass die Goldsteins noch einen Sohn hatten, der Soldat war und mit der sich zurückziehenden russischen Armee die Ukraine hatte verlassen müssen. Die Eltern waren in tiefer Sorge um ihn und wussten nicht, ob sie ihn wiedersehen würden, da sie schon seit Wochen nichts mehr von ihm gehört hatten.

Nadjeschda hatte während der ganzen Unterhaltung aufmerksam zugehört, aber kein Wort gesagt. Schließlich fragte Major Heindl:

„Nadjeschda, wie entwickelt sich Ihre Pianistinnenkarriere?"

Sie lächelte kurz und antwortete: „Ich spiele, wann immer ich kann und hoffe, dass ich nächstes Jahr einen Platz am Konservatorium bekomme."

Schließlich sagte ihre Mutter: „Spiel unseren Gästen doch zum Abschluss noch etwas vor!"

Nadjeschda stand auf, ging zum Klavier im Nebenzimmer und spielte mehrere „Moments musicaux" von Schubert. Ich hatte diese Stücke selbst schon oft gespielt, doch klangen sie bei Nadjeschda tiefgründiger und ausdrucksvoller, als ich sie je zuvor gehört hatte.

Als sie wieder zurück ins Wohnzimmer kam, sagte Major Heindl: „Nadjeschda, Sie sind die perfekte Pianistin!" Nadjeschda lächelte und antwortete:

„Danke für das Kompliment… Aber ganz so weit bin ich leider noch nicht."

„Aber fast", antwortete Major Heindl.
Nachdem wir uns verabschiedet hatten, sagte Major Heindl zu mir:
„Nadjeschda ist eine sehr geheimnisvolle Person. Man weiß nicht genau, was in ihr vorgeht. Man kann es nur ahnen, wenn man ihr beim Klavierspielen zuhört."

Am nächsten Tag las ich in unserer Dienststelle die deutschen und österreichischen Heeresberichte der letzten Woche. Die ersten Tage der deutschen Offensive in Frankreich waren offenbar sehr erfolgreich verlaufen, doch jetzt war der Angriff anscheinend ins Stocken geraten. Meine Zweifel, die schon seit Wochen an mir genagt hatten, begannen sich zu verstärken. Ich hatte den Eindruck, dass die Wirkung des amerikanischen Eingreifens in den Krieg noch immer unterschätzt wurde, während unsere Reserven zunehmend zur Neige gingen. Viele Deutsche glaubten, dass nach dem Ende des Krieges gegen Russland immer mehr Soldaten für den Angriff im Westen bereitstünden, obwohl schon jetzt fast nur noch ältere Soldaten hier stationiert waren. Ich war einer der Jüngsten in meiner Einheit. Obwohl wir nie offen darüber sprachen, hatte ich das Gefühl, dass Major Heindl meine Einschätzung teilte und dass die meisten von uns sich wie Russen und Ukrainer nur noch nach dem Ende des Krieges sehnten.
Am Abend las ich einen Brief von Elisabeth, den ersten seit meiner Ankunft in Odessa vor eineinhalb Wochen. Sie schrieb mir, dass ihre Mutter seit einigen Tagen an einer Lungenentzündung leide und außerdem durch die schlechte Ernährung, die fast nur noch aus Steckrüben und wässriger Suppe bestehe, stark geschwächt sei.
Ich antwortete noch am selben Abend und versprach ihr, mich so schnell wie möglich wieder nach Westen versetzen zu lassen, um sie in dieser Situation nicht allein zu lassen. Ob

und wann ich dazu in der Lage sein würde, stand freilich in den Sternen.

So vergingen Tage und Wochen in steter Sorge um Elisabeth und meine Familie. Nur meine gelegentlichen Spaziergänge im Stadtpark und am Strand boten mir etwas Ablenkung von meinen bedrückenden Gedanken. Der Frühling war jetzt weiter fortgeschritten, und an den Bäumen in den breiten Alleen zeigten sich die ersten Blätter und Blüten. Eines Tages Ende April sah ich auf meinem Weg durch den Park von Ferne eine junge Frau mit dunklen Haaren, die mir entgegenkam. Ihre Erscheinung und ihre Art, sich zu bewegen, erinnerten mich an jemanden, den ich schon einmal gesehen hatte. Als ich näher kam, bemerkte ich, dass es Nadjeschda war. Sie erkannte mich ebenfalls sofort wieder und erinnerte sich sogar an meinen Namen. Ich fragte sie, ob sie auf dem Weg nach Hause sei.

„Ja", antwortete sie. „Ich habe für unsere Familie das Wenige eingekauft, was es zu kaufen gibt."

„Wie geht es Ihrer Familie?", fragte ich.

„Es geht… Mein Vater ist krank. Es sieht aus wie eine Grippe. Er ist ziemlich geschwächt."

„Das tut mir leid. Spielen Sie noch Klavier?"

„Ja, jeden Tag sieben bis acht Stunden."

„Sie wollen Pianistin werden…"

„Ja, das ist mein großer Traum… Aber manchmal bin ich voller Zweifel, obwohl meine Eltern und insbesondere meine Mutter große Hoffnungen darauf setzen."

„Sie schaffen es bestimmt. Ich habe übrigens noch beinahe ein schlechtes Gewissen, weil Sie uns damals zum Essen eingeladen haben, obwohl Sie die Lebensmittel kaum entbehren können."

„Schon gut", sagte Nadjeschda und lächelte. „Sie brauchen kein schlechtes Gewissen zu haben."

„Wenigstens würde ich Ihnen und Ihrer Familie gerne einige Lebensmittel bringen. Ich kann sie leichter organisieren."
„Vielen herzlichen Dank", antwortete Nadjeschda.
„Würde es Ihnen übermorgen Abend passen?"
„Ja, natürlich. Ich bin fast immer zu Hause."

Nachdem wir uns verabschiedet hatten, lief ich noch eine Weile durch den Park, an einem kleinen See vorbei und auf verschlungenen, schmalen Wegen zum Ausgang, von wo es nur noch ein kurzer Weg zu meiner Wohnung war.

Am übernächsten Tag, einem Sonntag, machte ich mich gegen Abend auf den Weg zu Nadjeschda. Obwohl auch für uns Offiziere die Lebensmittel knapper wurden, hatte ich mir immerhin Brot, Tee sowie etwas Käse und Butter besorgen können, Dinge, von denen die meisten Zivilisten nur träumen konnten.

Auf mein Klingeln öffnete Nadjeschdas Mutter die Tür.
„Kommen Sie bitte herein", sagte sie. „Nadjeschda hat mir erzählt, dass Sie kommen würden. Sie ist gleich mit dem Üben fertig. Gehen Sie nur ins Nebenzimmer!"

Ich stellte meine Taschen ab und ging ins Zimmer nebenan. Nadjeschda spielte die mir wohlbekannte ´Campanella´-Etüde von Franz Liszt, freilich in einem Tempo und mit einer Präzision, die für mich unerreichbar waren. Es war atemberaubend zu beobachten, mit welcher Konzentration sie spielte und sich dabei von nichts auch nur im Geringsten ablenken ließ.

Als sie fertig war, drehte sie sich um und sagte:
„Guten Abend. Schön, dass Sie gekommen sind. Es tut mir leid, dass ich Sie nicht gleich begrüßt habe, aber wenn ich spiele, lebe ich wie in meiner eigenen Welt und nehme kaum wahr, was um mich herum vorgeht."

„Sie sind wirklich eine perfekte Pianistin", sagte ich. „Da hat Major Heindl völlig recht."

„Ach, ich weiß nicht... Das macht die tägliche Übung. Ich habe keine Ahnung, wie oft ich dieses Stück schon gespielt habe."

„Ich habe Ihnen und Ihrer Familie, wie versprochen, etwas zu essen mitgebracht. Wie geht es eigentlich Ihrem Vater?"

„Insgesamt etwas besser. Im Augenblick schläft er gerade. Das Fieber ist leicht zurückgegangen. Leider hat er aber jetzt Durchfall. Wir hoffen, dass es nicht Typhus ist."

Als ich mich gerade verabschieden wollte, kam Nadjeschdas Mutter, bedankte sich für die Sachen, die ich gekauft hatte, und fragte mich, ob ich zum Abendessen bleiben wolle. Ich nahm die Einladung gerne an, und wir gingen ins Wohnzimmer, wo bereits der Tisch gedeckt war.

Nadjeschda bat mich, ihr von meinen bisherigen Erlebnissen im Krieg zu berichten, und ich erzählte ihr von meinen Erfahrungen als Dolmetscher in Frankreich. Schließlich fragte sie mich:

„Wie lange werden Sie hier in der Ukraine bleiben?"

„Ich weiß es nicht. Wahrscheinlich so lange, bis der Krieg zu Ende geht."

Dann fragte ich sie nach dem Beruf ihres Vaters, und sie sagte:

„Er ist Lehrer an einer Schule, die jüdische Schüler für die Aufnahmeprüfung an der Universität vorbereitet. Sie wissen vielleicht, dass jüdische Schüler nicht einfach die Gymnasien für russische Kinder besuchen können."

„Ja, ich weiß, die Lage ist für sie nicht einfach. Wie lange leben Sie schon in Odessa?"

„Seit etwa sieben Jahren. Vorher haben wir in Kiew gewohnt. Dann sind wir hierher gezogen, weil wir gehofft haben, dass die Lage hier besser ist. Eigentlich träumen meine Eltern davon, nach Amerika auszuwandern, aber das ist nicht so einfach. Wer weiß... wenn es mir tatsächlich gelingt, einen Platz auf dem Konservatorium zu bekommen und Pianistin zu werden, wird uns das vielleicht helfen."

„Ich bin überzeugt, dass Sie es schaffen werden", sagte ich.

„Danke", antwortete Nadjeschda mit einem Lächeln, das für einen Augenblick ein Gefühl des Glücks verriet.

„Ich glaube, es ist Zeit für mich, nach Hause zu gehen. Ihr Vater braucht sicher Ruhe und Schlaf."

„Ja, das stimmt… Ich würde mich aber freuen, Sie wiederzusehen."

„In den nächsten zwei Wochen habe ich leider keinen Urlaubstag, aber dann lässt es sich bestimmt einrichten."

„Kommen Sie doch einfach vorbei. Ich bin ohnehin meistens zu Hause und entweder mit Üben oder mit Hausarbeit beschäftigt."

„Dann sehen wir uns also in etwa zwei Wochen", antwortete ich und gab ihr zum Abschied die Hand.

„Ja, bis bald", sagte sie und sah mir in die Augen.

Als ich nach Hause ging, beleuchteten die letzten Strahlen der untergehenden Sonne die weißen Fassaden der Häuser in den breiten Alleen der Innenstadt und tauchten sie in ein sanftes rötliches Licht. Ich dachte an Nadjeschdas Vater und hoffte, dass sich seine Krankheit nicht verschlimmern würde, und an Elisabeth und ihre Familie, die, Tausende von Kilometern entfernt, in einer ähnlichen Lage waren wie Nadjeschda und ihr Vater.

Unter meinen Kameraden war die Stimmung mittlerweile nicht mehr so hoffnungsvoll wie noch vor mehreren Wochen zu Beginn der deutschen Offensive in Frankreich, denn es trafen immer mehr Nachrichten ein, die zeigten, dass der Angriff zum Stillstand gekommen war und ein Durchbruch unwahrscheinlich erschien. Aus den Heeresberichten ging hervor, dass die deutsche Heeresleitung verzweifelt versuchte, die Front der Alliierten an mehreren Stellen zu durchbrechen, ohne einen

Plan dafür zu haben, was zu tun wäre, falls dies tatsächlich gelingen sollte. Auch Major Heindl schien eine düstere Vorahnung zu haben, als er eines Tages zu mir sagte:

„Ich glaube, dass Österreich nicht mehr lange durchhalten kann. Wenn die Deutschen mit ihrer Offensive keinen Erfolg haben, ist der Krieg für uns verloren."

Nach längerer Zeit erreichte mich endlich der zweite Brief von Elisabeth, auf den ich sehnsüchtig gewartet hatte. Sie schrieb mir, dass es ihrer Mutter inzwischen wieder etwas besser gehe und dass sie den ganzen Tag mit ihrer Pflege und mit dem Haushalt beschäftigt sei. Ich konnte nicht viel mehr tun, als sie zu trösten versuchen, denn leider sah es nicht so aus, als ob ich in absehbarer Zeit zurückkehren würde.

Insgesamt drei Wochen vergingen, bis ich Nadjeschda wiedersah. Der Zustand ihres Vaters hatte sich inzwischen deutlich gebessert, und er war wieder in der Lage aufzustehen. Ich hatte Nadjeschdas Familie auch dieses Mal einige Lebensmittel mitgebracht, und es war ihr und ihren Eltern anzusehen, wie glücklich sie darüber waren.

Ich fragte sie, ob sie schon mit dem Üben fertig sei.

„Eigentlich noch nicht ganz", antwortete sie, „aber wenn wir Besuch bekommen, kann ich mal eine Ausnahme machen…"

„Nein, spielen Sie nur, ich höre Ihnen sehr gerne zu."

„Na gut", entgegnete sie. „Ich spiele noch ein Stück, dann kann ich für heute aufhören."

Sie setzte sich ans Klavier und spielte die C-Dur Phantasie von Robert Schumann. Auch dieses Mal wirkte sie wie versunken in ihrer eigenen Welt, die unergründlich, geheimnisvoll und ganz anders wirkte als das Reich des Alltags und der Wirklichkeit, in der man von dieser Welt in ihrem Inneren nur manchmal etwas ahnte.

Als sie fertig war, sagte sie:

„Haben Sie Lust auf einen Spaziergang? Ich habe diese Wohnung heute noch nicht verlassen und brauche dringend etwas frische Luft."

„Selbstverständlich gerne", antwortete ich.

Nachdem wir uns von ihren Eltern verabschiedet hatten, gingen wir durch Odessas breite Alleen hinunter zum Meer, vorbei an den Häusern der Innenstadt mit ihren prächtigen weißen Fassaden und roten Dächern.

„Wenn Sie wollen, können wir uns ruhig duzen", sagte Nadjeschda.

„Natürlich, wir kennen uns ja inzwischen gut genug...", antwortete ich.

„Dieser Spaziergang ist eine willkommene Abwechslung für mich", fuhr Nadjeschda fort. „Die Aufnahmeprüfung für das Konservatorium findet in ein paar Monaten statt, und ich übe fast den ganzen Tag. Außerdem muss ich noch einen großen Teil der Hausarbeit erledigen. Meine Mutter legt großen Wert auf Ordnung, Sauberkeit und Disziplin, und wenn etwas nicht genau so ist, wie sie es erwartet und gewohnt ist, regt sie sich auf und schreit mich an. Manchmal halte ich es kaum noch zu Hause aus."

„Das kann ich verstehen", antwortete ich. „Mein Vater verhält sich oft ganz ähnlich, und ich war froh, als ich angefangen habe zu studieren und von zu Hause ausgezogen bin."

„Wo hast du studiert?"

„In Heidelberg."

„Das ist eine schöne Stadt. Ich war zwar noch nie dort, aber ich habe davon gehört und gelesen."

„Odessa ist mindestens genau so schön."

„Ich weiß nicht... aber auf jeden Fall anders."

„Ihr habt früher in Kiew gelebt und seid dann hierher gezogen..."

„Ja, vor etwa sieben Jahren. Damals wurden die Juden in Kiew bedroht und mussten mit dem Schlimmsten rechnen. Es war die Zeit der sogenannten Beilis-Affäre. Vielleicht hast du davon schon gehört."

„Ja, damals wurde der Mord an einem 12-jährigen Jungen als sogenannter Ritualmord hingestellt."

„Richtig. Meine Eltern haben sich damals bedroht gefühlt, und auch ich hatte als 13-jähriges Mädchen Angst, dass etwas Schreckliches passiert und wir unser Leben verlieren. Deshalb sind wir nach Odessa gezogen, wo die Atmosphäre etwas toleranter ist, obwohl es auch hier früher Pogrome gegeben hat. Hier ist die Lage zwar besser, aber trotzdem noch immer schwierig. Die Juden dürfen keine russischen Schulen besuchen und müssen eine sogenannte Externenprüfung ablegen, wenn sie studieren wollen. Außerdem ist an den Universitäten die Zahl jüdischer Studenten auf nur wenige begrenzt. Deshalb nutze ich die wenigen Monate, die mir bleiben, um mich auf die Aufnahmeprüfung des Konservatoriums vorzubereiten. Vielleicht hilft uns das tatsächlich bei unseren Plänen, nach Amerika auszuwandern. Besonders meine Mutter setzt große Hoffnungen darauf, weil sie sagt, dass wir auf Dauer nicht hier bleiben können, und wahrscheinlich hat sie recht. Dass sie mich dauernd anschreit, hängt vermutlich auch damit zusammen und mit der ständigen Anspannung nach dem, was wir in Kiew erlebt haben. Auch in meinen Gedanken und Gefühlen ist der Tod immer gegenwärtig. Manchmal habe ich Albträume, in denen Fremde in unser Haus stürmen und es anzünden, so dass wir darin verbrennen, wie es anderswo tatsächlich geschehen ist. Dann wache ich schweißgebadet auf und hoffe, dass das alles irgendwann vorbei ist und dass wir einen Ort finden, an dem wir wirklich zu Hause sind."

„Ich wünsche euch von Herzen, dass ihr es schaffen werdet. Ich habe in der Zeitung manches über die Lage der Juden in der Ukraine gelesen, aber es ist ein großer Unterschied, ob man etwas nur liest oder ob einem jemand aus eigener Erfahrung davon erzählt. In Deutschland ist es im Augenblick mit dem Antisemitismus noch nicht ganz so schlimm, aber ich merke bei meinen Kameraden, dass manche in den Juden die Schuldigen sehen, wenn sich der Krieg für Deutschland ungünstig entwickelt. Ich weiß nicht, was passieren würde, wenn die Deutschen den Krieg verlieren, was im Augenblick sehr wahrscheinlich ist. Auch die Menschen in Deutschland sind bereit, allen möglichen Unsinn zu glauben, wenn die Lage entsprechend ist... Aber wir sollten nicht zu viel darüber spekulieren. Das würde deine Stimmung mit Sicherheit nicht verbessern."

Es war inzwischen fast dunkel geworden, und die Wolken leuchteten in den letzten Sonnenstrahlen der Abenddämmerung, während vom Meer ein leichter, kühler Wind wehte. Wir liefen eine Weile schweigend am Strand entlang. Nadjeschda wirkte wie versunken in Träumen und Gedanken, und auch ich dachte an Elisabeth und die Welt zu Hause. Schließlich fragte sie mich:
„Bist du verheiratet?"
„Noch nicht, aber ich bin verlobt", und ich erzählte ihr von Elisabeth und den Plänen für unsere Hochzeit.
„Das freut mich für dich...", antwortete sie mit einem Lächeln. „Auch ich habe einen Freund, aber wir sehen uns nur selten. Er studiert Medizin an der Universität, und ich bin den ganzen Tag beschäftigt. Außerdem ist er nicht Jude wie wir, und da sind meine Eltern nicht gerade begeistert. Immer wenn ich dieses Stück von Schumann spiele, denke ich an ihn."
„Das merkt man dir auch an. Du spielst es schöner als alle anderen Pianisten, von denen ich es bisher gehört habe."
„Danke", antwortete Nadjeschda und errötete leicht. „Mein Gott", sagte sie plötzlich. „Es ist schon neun Uhr. Eigentlich

müsste ich längst zu Hause sein. Meine Mutter wird sich bestimmt aufregen, wenn ich so spät komme."

„Es wird nicht allzu lange dauern, bis wir zurück sind", entgegnete ich, und wir machten uns auf den Heimweg durch die dunklen Straßen Odessas, die nur spärlich von einigen Straßenlaternen erhellt wurden.

Als wir am Haus ihrer Eltern angekommen waren, verabschiedeten wir uns, und ich versprach ihr, mich wieder bei ihr zu melden, wenn ich etwas Zeit erübrigen konnte.

Auf dem Weg zu meiner Wohnung machte ich noch einen kleinen Umweg und genoss die kühle Luft des Sommerabends. Ich dachte an Nadjeschda und unseren heutigen Spaziergang und konnte mich dabei wie schon früher des Gedankens nicht erwehren, dass wir in der Tiefe unserer Seele etwas gemeinsam hatten, auch wenn ich nicht wusste, was es war.

In den nächsten Wochen begann sich die Stimmung in unserer Dienststelle zunehmend zu verschlechtern. Der Grund waren die Nachrichten von der Westfront, aus denen klar hervorging, dass Deutschland den Krieg nicht mehr würde gewinnen können. Man erzählte sich, dass Ludendorff den 8. August als „schwarzen Tag des deutschen Heeres" bezeichnet und angesichts der unausweichlich scheinenden Niederlage einen Nervenzusammenbruch erlitten habe. In den nächsten Tagen erfuhren wir dann davon, dass ein Waffenstillstand vorbereitet werden solle.

Selbstverständlich sprach ich manchmal auch mit Major Heindl über die Lage. Er teilte meine Einschätzung, dass ein Ende des Krieges nur eine Frage von Wochen oder höchstens wenigen Monaten sei. Als ich ihm von meinen Besuchen bei Nadjeschda erzählte, sagte er:

„Ja, ich habe schon davon gehört… Es freut mich, dass Sie sich gut verstehen. Außerdem können ihre Eltern die Lebensmittel gut gebrauchen."

Als ich ihn fragte, ob er die Geschichte von Nadjeschdas Familie kenne, antwortete er:
„Ja, natürlich… Nadjeschdas Eltern haben mir alles erzählt. Auch bei uns in Wien ist es bei vielen mit dem Antisemitismus ganz schlimm. Es gibt so viele Leute, die bereit sind, diesen Quatsch zu glauben. Wer weiß, was passiert, wenn der Krieg zu Ende ist…"

In diesen Wochen bekam ich mehrere Briefe von Elisabeth, in denen sie mir berichtete, dass es ihrer Mutter zunehmend besser gehe, obwohl sie noch nicht vollständig wieder genesen sei. Sie schrieb, dass die Menschen in Deutschland voller Hoffnung auf ein Ende des Krieges seien und dass überall Gerüchte über einen Waffenstillstand verbreitet würden. Gleichzeitig berichtete sie mir jedoch auch, dass die Ernährungslage weiterhin äußerst schlecht sei und dass sie und ihre Familie nur deshalb nicht zu stark abgemagert seien, weil sie einen eigenen Garten hätten, in dem sie Obst und Gemüse ernten könnten. Ich antwortete ihr, dass ich voller Hoffnung sei, dass nach all den Jahren nun endlich ein Ende des Krieges absehbar sei und dass ich bald nach Hause würde zurückkehren können.

Mitte September sah ich Nadjeschda wieder. Wie schon einige Wochen zuvor unternahmen wir an einem warmen Spätsommerabend einen Spaziergang am Strand und durch die Straßen Odessas. Sie erzählte mir, dass ihr Vater wieder gesund sei, und wir sprachen über das bevorstehende Ende des Krieges.
„Ehrlich gesagt, glaube ich, dass Deutschland den Krieg verlieren wird", sagte ich. „Das bedeutet, dass die Österreicher und die Deutschen auch aus der Ukraine abziehen werden."
„Wer weiß, was danach kommt und was das für uns bedeutet?", antwortete Nadjeschda voller Sorge. „Vielleicht wird es einen Bürgerkrieg geben oder neue Pogrome."

„Mein Gott, ich hoffe es nicht", antwortete ich und fügte hinzu:

„Ich werde auf jeden Fall versuchen, mit dir in Kontakt zu bleiben."

„Danke", sagte Nadjeschda. „Es wird sicher nicht ganz leicht sein, weil niemand weiß, was geschehen wird und wohin wir vielleicht fliehen müssen. Aber auch wenn es lange dauert, wirst du auf jeden Fall von mir hören."

„Was macht eigentlich dein Bruder? Wisst ihr etwas von ihm?"

„Nein, leider nicht. Er ist in der Roten Armee und hat mit seiner Einheit die Ukraine verlassen. Wir wissen nicht, wo er ist und was passieren wird, wenn die Österreicher weg sind. Wir hoffen, dass wir ihn wiedersehen."

„Ihr seid wirklich nicht zu beneiden", sagte ich. „Unsere Lage ist schon schwierig genug, aber eure ist noch viel schlimmer. Bei uns wird der Krieg zu Ende gehen, und auch wenn die Zeit danach schwer wird, ist doch klar, dass es danach wieder besser werden wird."

Nach einer Weile fragte ich sie:

„Wann wird deine Aufnahmeprüfung stattfinden?"

„Eigentlich in drei Monaten. Aber niemand weiß, wie es bis dahin weitergeht."

„Ich habe nicht den geringsten Zweifel, dass du es früher oder später schaffen wirst, egal was passiert."

Wir blickten noch eine Weile auf das Schwarze Meer hinaus, dessen Brandung an diesem Tag stärker war als sonst, während der Wind aufzufrischen begann. Dann machten wir uns auf den Rückweg zum Haus von Nadjeschdas Eltern, wo ihre Mutter schon voller Ungeduld auf sie wartete.

In der folgenden Zeit trafen fast täglich neue Nachrichten aus Deutschland ein, aus denen hervorging, dass der Abschluss eines Waffenstillstands immer näher rückte. Wir erfuhren von einem Austausch diplomatischer Noten mit dem amerikanischen Präsidenten, in denen Deutschland immer mehr Zugeständnisse machen musste, und ich hörte von Major Heindl, dass auch Österreich kurz vor einer Kapitulation stand, was Deutschlands Lage noch erheblich verschlechtern würde. Ende Oktober war mir klar, dass ich wohl nicht mehr allzu lange in der Ukraine bleiben würde. Ich war darüber erleichtert, weil ich wusste, dass der Krieg nicht mehr lange dauern sollte und dass ich nach Hause zurückkehren würde. Freilich spürte ich tief in meiner Seele auch eine gewisse Wehmut, weil ich fühlte, dass ich Nadjeschda vermissen würde und dass die Zeit in Odessa für immer in meinem Inneren gegenwärtig bleiben sollte.

Am 31. Oktober informierte mich Major Heindl darüber, dass Ungarn seine Unabhängigkeit erklärt hatte. Das bedeutete, dass es die Doppelmonarchie nicht mehr gab und dass die österreichischen Truppen und mit ihnen auch ich Odessa in den nächsten Wochen verlassen würden.

Nur wenige Tage später, am Morgen des 4. November, rief mich Major Heindl zu sich und übermittelte mir den Befehl, mich am 6. November bis 12 Uhr mittags in Berlin zu melden. Ich solle, so teilte er mir mit, als Dolmetscher an den Waffenstillstandsverhandlungen zwischen Deutschland und den Alliierten teilnehmen. Die Anregung dazu kam von General von Winterfeldt, den ich im Sommer 1914 kennengelernt hatte, als er deutscher Militärattaché in Paris war. Er wusste, dass ich während meines Studiums zwei Jahre in Frankreich und England verbracht hatte und über viel Erfahrung als Dolmetscher verfügte, und hatte mich deshalb für diese Aufgabe vorgeschlagen.

Die sehr kurze Frist bedeutete, dass ich sofort aufbrechen und innerhalb von zwei Stunden den Zug nach Berlin besteigen musste. Mir blieb nicht viel Zeit, meine Sachen zu packen und meine Reisetasche zum Bahnhof zu bringen, wo ich sie unter Bewachung bis zur Abfahrt des Zuges zurücklassen konnte. Ich beschloss, die letzte Dreiviertelstunde zu nutzen, um mich von Nadjeschda zu verabschieden, und machte ich mich auf den Weg zum Haus ihrer Eltern, das nicht allzu weit vom Bahnhof entfernt lag. Auf mein Klingeln öffnete sie die Tür und war zugleich erfreut und erstaunt, mich zu sehen.

„Ich habe heute den Befehl bekommen, nach Berlin zu fahren, um bei den Waffenstillstandsverhandlungen zu dolmetschen", sagte ich. „Das bedeutet, dass ich in einer halben Stunde abfahren muss. Meine Reisetasche ist schon am Bahnhof."

In Nadjeschdas Augen spiegelte sich für einen Augenblick eine tiefe Traurigkeit wider, auch wenn sie diese Gefühle nicht offen zeigte.

„Schade, dass du jetzt schon Odessa verlassen musst", sagte sie.

„Ja", antwortete ich. „Bis vor ein paar Stunden hätte ich nicht damit gerechnet, dass es so schnell gehen würde. Auch ich hatte gehofft, dass wir uns noch einige Male sehen würden."

„Du weißt, was ich dir im September versprochen habe… Du wirst bestimmt von mir hören, auch wenn es lange dauert. Ich weiß nicht, wie es nach dem Abzug der Österreicher weitergehen wird. Meine Eltern und ich hoffen natürlich, dass wir bald nach Amerika auswandern können. Im Augenblick sieht es freilich noch nicht danach aus. Aber vielleicht kann ich wenigstens bald mit meinem Musikstudium anfangen."

„Ich hoffe es für dich", antwortete ich. Wir standen längere Zeit schweigend und gedankenverloren an der Tür, bevor ich sagte:

„Ich muss jetzt gehen… Es tut mir leid."

Wir umarmten uns, dann sagte sie:

„Ich werde immer an dich denken."

„Ich auch", erwiderte ich und winkte ihr noch einmal kurz zu, als ich die Treppe hinunterging.

Ich hatte nicht mehr viel Zeit und kam gerade rechtzeitig am Bahnhof an, um meine Tasche wieder in Empfang zu nehmen und einzusteigen.

Als der Zug abfuhr, erschienen immer wieder Bilder aus meiner Zeit in Odessa vor meinem inneren Auge, die Innenstadt im Frühling, die Begegnung mit Nadjeschda, unsere Spaziergänge am Meer und unser Abschied, der, so hoffte ich, nicht für immer sein würde.

Es war ein sonniger Novembertag, der die Landschaft der Südukraine in ein warmes Licht tauchte und in mir Erinnerungen an die Fahrt nach Odessa acht Monate zuvor weckte. Trotz aller Wehmut war ich jedoch auch froh, dass der Krieg nun zu Ende gehen würde. Ich nutzte die lange Fahrt, um einen Brief an Elisabeth zu schreiben, in dem ich ihr berichtete, dass ich zu den Waffenstillstandsverhandlungen fahren und danach hoffentlich bald zu Hause sein würde.

Später, als der Zug Polen erreichte, erfuhr ich aus den Gesprächen der Reisenden in den überfüllten Abteilen, dass sich die revolutionären Unruhen in Deutschland, von denen ich schon in Odessa gehört hatte, auf immer mehr Städte ausgeweitet hätten und dass eine Abdankung des Kaisers nur noch eine Frage der Zeit sei. Ich war im tiefsten Innern froh über diese Entwicklung, weil ich glaubte, dass Deutschland nach dem Krieg ganz andere Wege würde gehen müssen, um einen zweiten, womöglich noch verheerenderen Weltkrieg zu vermeiden.

Als wir in Berlin ankamen, spürte ich sofort, dass sich in Deutschland seit meiner Abreise im März vieles verändert hatte. In den Straßen sammelten sich Demonstranten mit Fahnen des Spartakusbundes und Abordnungen von Matrosen, und es war deutlich absehbar, dass ein Umsturz der politischen Ordnung unmittelbar bevorstand. Wenig später traf ich an dem Sonderzug ein, der die Mitglieder der Waffenstillstandskommission mit allen Offizieren, Dolmetschern,

Stenographen und anderem Personal nach Spa bringen sollte, von wo die Fahrt zum Ort der Waffenstillstandsverhandlungen beginnen würde. Ich begrüßte General von Winterfeldt, einen großen Mann von etwa 50 Jahren mit einem markanten Schnurrbart, der mich sofort wiedererkannte. Er war erst kurz zuvor gebeten worden, an den Waffenstillstandsverhandlungen teilzunehmen. Ich wusste aus meinen Begegnungen mit ihm, dass er fließend Französisch sprach und vor dem Krieg gute Beziehungen zu Mitgliedern der französischen Regierung und des Generalstabs gehabt hatte. Aus diesem Grund war er von der Reichsregierung und dem Kaiser als Mitglied der Waffenstillstandskommission ausgewählt worden. Er sagte mir, dass niemand wisse, wo in Frankreich die Waffenstillstandsverhandlungen stattfinden sollten und dass wir erst nach unserer Ankunft in Spa Genaueres erfahren würden.

Er berichtete mir auch, dass es der Regierung sehr wichtig sei, dass die Waffenstillstandsdelegation nicht von einem Offizier, sondern von einem demokratischen Politiker geleitet werde, weil die Alliierten deutlich gemacht hätten, dass sie mit den alten kaiserlichen Politikern und Offizieren keinen Frieden schließen würden, und weil sie hoffe, dass ein demokratischer Politiker bessere Bedingungen für einen Waffenstillstand aushandeln könne. Deshalb war offenbar nur wenige Tage zuvor die Leitung der Waffenstillstandskommission Staatssekretär Matthias Erzberger übertragen worden, dessen Namen ich aus der Zeitung kannte. General von Winterfeldt sagte mir, dass eigentlich ein anderer Offizier zu den Waffenstillstandsverhandlungen hätte fahren sollen, was ihm sehr lieb gewesen wäre. Dann aber sei die Wahl doch auf ihn gefallen, weil er einige französische Politiker und Generalstabsoffiziere persönlich kenne. Er erwähnte auch, dass der französische Staatspräsident Poincaré und Marschall Joffre ihn während seiner Zeit in Paris sogar im Krankenhaus besucht hätten und dass solche persönlichen Verbindungen vielleicht bei den Verhandlungen von Nutzen sein könnten. Gleichzeitig war ihm aber anzumerken, dass er Zweifel daran hatte, dass die Waffenstillstandsbedingungen wirklich so milde ausfallen würden, wie es sich die Reichsregierung erhoffte.

Mittlerweile waren auch Staatssekretär Erzberger und die beiden anderen Bevollmächtigten, Graf Alfred von Oberndorff als Vertreter des Auswärtigen Amtes und Kapitän Ernst Vanselow, eingetroffen. Erzberger, ein etwa 45-jähriger, untersetzter Mann mit rundlichem Gesicht, begrüßte General von Winterfeldt. Er wirkte erstaunlich gelassen und zuversichtlich, obwohl er eine erhebliche innere Anspannung nicht völlig verbergen konnte. Ich hörte aus einer gewissen Entfernung, wie er zu General von Winterfeldt sagte, dass er bis zuletzt gehofft habe, nicht zu Marschall Foch fahren zu müssen, dass aber kein anderer diese Aufgabe habe übernehmen wollen und dass er glaube, sich dieser Pflicht nicht entziehen zu dürfen. Es war ihm offenkundig bewusst, welche Gefahr für ihn mit der Verantwortung für den Waffenstillstand verbunden war. Nachdem er gegen fünf Uhr noch einige letzte Dokumente erhalten hatte, setzte sich der Zug in Bewegung, während sich in der anbrechenden Dunkelheit des nebligen Novemberabends alle gewohnten Konturen der Stadt langsam aufzulösen begannen.

Als Dolmetscher war außer mir noch Rittmeister von Helldorf im Zug, ein Offizier, der einige Jahre an der deutschen Botschaft in Frankreich verbracht hatte. Er erzählte mir von seiner Zeit in Paris, und wir tauschten uns über unsere Erlebnisse in Frankreich aus, denn auch ich hatte ein Jahr an der Sorbonne studiert und während dieser Zeit große Teile Frankreichs kennengelernt. Rittmeister von Helldorf schwärmte von der Bretagne mit ihren Klippen und felsigen Stränden, von der Pointe du Raz und dem weiten Ozean, den Wellen und dem unablässig wehenden Wind. Ich erzählte ihm von meinen Fahrten nach Nordfrankreich, in die Normandie und nach Rouen im Herbst 1909, die sich meiner Erinnerung besonders gut eingeprägt hatten.

Nach einiger Zeit setzte sich Graf Oberndorff zu uns, fragte uns nach unseren Erfahrungen in Frankreich und berichtete von seiner Zeit in Madrid und Brüssel, wo er viele Jahre verbracht hatte. Ich fand bald heraus, dass er wie ich in Heidelberg studiert hatte und auch aus dieser Gegend stammte. Ich erinnerte mich sogar noch an manche ältere Professoren, bei denen ich wie er Vorlesungen über französische Literatur besucht hatte. Er teilte meine Vorliebe für Flaubert, Zola und Baudelaire ebenso wie meine Erinnerungen an Heidelberg und meine Spaziergänge durch die Altstadt, zum Philosophenweg und zum Heiligenberg.

Später, als wir tief in der Nacht bereits den Rhein überquert hatten, kam General von Winterfeldt zu uns und bat mich und Rittmeister von Helldorf kurz um unsere Aufmerksamkeit.

„Ich weiß genau wie Staatssekretär Erzberger nicht, was uns erwartet. Wir wissen nur, dass wir mit Marschall Foch verhandeln und dass mit Sicherheit auch britische Offiziere anwesend sein werden. Ob darüber hinaus auch Amerikaner, Belgier oder Italiener an den Verhandlungen teilnehmen, ist unklar. Ich glaube es nicht, wollte aber trotzdem fragen, ob Sie notfalls auch ins Italienische dolmetschen können."

Ich antwortete, dass meine Italienischkenntnisse ausreichen, und auch Rittmeister von Helldorf und Graf Oberndorff versicherten, dass sie mit dieser Sprache aus ihrer Zeit in Frankreich und Spanien vertraut seien.

„Wissen Sie schon, wo wir die französischen Linien überqueren werden?", fragte Rittmeister von Helldorf.

„Nein, leider nicht", antwortete General von Winterfeldt. „Wir warten noch auf einen Funkspruch von Marschall Foch. Ich hoffe, dass wir mehr erfahren, wenn wir in Spa ankommen."

Nach diesem Gespräch beschlossen wir alle, etwas zu ruhen, um für die kommenden Tage vorbereitet zu sein, denn wir wussten, dass wir in der nächsten Zeit nur wenig Schlaf finden würden.

Kurz bevor ich einschlief, dachte ich an Elisabeth, die nicht wusste, dass ich nicht weit von ihr entfernt war und wohin mich meine Reise führen würde.

Die Zeit der Ruhe währte jedoch nur kurz, denn nur wenige Stunden später erreichten wir Spa, wo uns im deutschen Hauptquartier bereits eine große Delegation erwartete. Es war offenbar vorgesehen, dass viele Offiziere und Spezialisten für Detailfragen mit zu den Waffenstillstandsverhandlungen reisen sollten. Staatssekretär Erzberger lehnte es jedoch ab, alle diese Offiziere nach Frankreich mitzunehmen, weil er glaubte, dass die Franzosen gereizt auf die Anwesenheit von so viel militärischem Personal reagieren würden und dass es besser wäre, wenn die Verhandlungen überwiegend von Politikern und Diplomaten geführt würden. Am Ende hielt Feldmarschall von Hindenburg eine kurze Ansprache und sagte, es sei wohl das erste Mal überhaupt, dass Politiker Waffenstillstandsverhandlungen führten und nicht Offiziere. Er habe aber, so versicherte er, nichts dagegen und wünschte der deutschen Delegation allen Erfolg. Sein Gesichtsausdruck war undurchdringlich, doch wirkte er in keiner Weise niedergeschlagen, wie ich es eigentlich angesichts der Niederlage erwartet hätte. Stattdessen machte er auf mich den Eindruck, dass die Ereignisse sich eigentlich genau so entwickelten, wie er es geplant und erwartet hatte. Ich hatte deutlich das Gefühl, dass es sein Ziel war, die demokratischen Politiker für die Niederlage Deutschlands verantwortlich zu machen, und dass er spürte, dass diese Strategie Erfolg haben würde.

Nach dieser Zusammenkunft unternahmen wir einen kurzen

Spaziergang durch Spa. Graf Oberndorff und Rittmeister von Helldorf kannten den kleinen Kurort recht gut, und auch ich war viele Jahre zuvor schon einmal mit meinen Eltern dort gewesen. Wir durchquerten den Kurpark mit seinen alten, hohen Bäumen, die mich an die Alleen Odessas und an Nadjeschda erinnerten, deren Schicksal jetzt ungewisser war als je zuvor. Danach liefen wir noch kurze Zeit durch die von niedrigen Häusern gesäumten Straßen mit ihrem schwarzen Kopfsteinpflaster. Graf Oberndorff und General von Winterfeldt war ihre unterschwellige Anspannung anzumerken, da niemand wusste, wohin uns die Reise führen und was uns erwarten würde. Immerhin hatten wir kurz zuvor erfahren, dass wir die Front in der Nähe des Ortes Chimay unweit der belgischen Grenze zu Frankreich überqueren würden. Die weitere Route und den Ort der Begegnung mit Marschall Foch kannte freilich nach wie vor niemand.

Gegen Mittag traten wir in fünf Autos unsere Fahrt ins Unbekannte an. Ich saß mit Rittmeister von Helldorf und einem Stenographen im vierten Wagen, als wir bei leichtem Regen Spa in Richtung französische Grenze verließen. Plötzlich sah ich, dass das erste Auto, in dem Staatssekretär Erzberger und Graf Oberndorff saßen, auf dem nassen Kopfsteinpflaster ins Schleudern geriet. Der Fahrer verlor jede Kontrolle über das Fahrzeug, das frontal gegen die Fassade eines Hauses prallte. Der zweite Wagen konnte nicht mehr rechtzeitig bremsen und fuhr auf den ersten auf. Wir stiegen aus und befürchteten das Schlimmste für die Insassen des ersten Autos. Erzberger und Graf Oberndorff hatten jedoch wie durch ein Wunder keine Verletzungen davongetragen, obwohl die Frontscheibe zersplittert war und zahlreiche Glassplitter im Wageninneren herumlagen. Erzberger bestieg daraufhin den zweiten Wagen, während sich Graf Oberndorff zu uns ins Auto setzte, bevor wir weiterfuhren.

Graf Oberndorff wirkte trotz des Unfalls sehr gelassen. Während der Fahrt erzählte er uns, dass Staatssekretär Erzberger vor kurzem seinen einzigen Sohn durch die sich überall rasch ausbreitende spanische Grippe verloren habe und dadurch tief erschüttert sei, dass ihm aber sein tiefer christlicher Glaube helfe, den Verlust zu bewältigen und die Hoffnung nicht zu verlieren.

Auf dem Weg zur französischen Grenze begegneten uns lange Marschkolonnen deutscher Soldaten, die sich mit ihren Einheiten nach Norden und Osten zurückzogen. Sie wirkten sehr diszipliniert, doch war ihnen ihre völlige Erschöpfung deutlich anzusehen. Manche Gesichter wirkten abgestumpft, andere tief verzweifelt. Alle waren offenkundig schon seit vielen Stunden unterwegs, denn ihre Uniformen waren durchnässt und mit einer dicken Schlammschicht bedeckt. Auch nicht wenige Verletzte waren unter ihnen, deren Wunden am Kopf oder an Armen und Beinen nur notdürftig verbunden waren.

Als es dunkel wurde, erreichten wir Chimay, wo unsere Fahrt zunächst endete, weil die Straße für Fahrzeuge gesperrt war, um den deutschen Truppen den Rückzug zu erleichtern. Staatssekretär Erzberger versuchte, den verantwortlichen Offizieren die Dringlichkeit der Situation zu verdeutlichen und wies darauf hin, dass angesichts der Lage der deutschen Armee jede Stunde zähle und der Abschluss des Waffenstillstandes auf keinen Fall auch nur für kurze Zeit verzögert werden dürfe. Schließlich erreichte er, dass wir nach etwa einer Dreiviertelstunde in die benachbarte Stadt Trelon weiterfahren konnten, wo unsere Fahrt zur Front beginnen sollte.

Bevor wir von Trelon aus aufbrachen, nahm General von Winterfeldt ein langes Papprohr, wickelte ein Bettlaken darum und befestigte es als weiße Fahne vorne am ersten Wagen unserer Kolonne. Gleichzeitig warteten wir auf einen Trompeter, der mit seinem Instrument während der Fahrt den Franzosen unsere Ankunft signalisieren sollte, so dass wir nicht versehentlich beschossen würden. Während dieser kurzen Pause kamen einige Soldaten, die auf dem Rückmarsch in Trelon eine kurze Pause einlegten, und fragten uns, was unser Ziel sei. General von Winterfeldt sagte:

„Wir fahren zu den Waffenstillstandsverhandlungen… Gott allein weiß, wohin."

Ein Offizier antwortete ihm:

„Hoffentlich dauert es nicht mehr lange. In vielen Einheiten sind neun von zehn Soldaten tot, verwundet oder in Gefangenschaft. Allein heute Morgen wurden bei einem Gefecht zehn meiner Soldaten durch Artilleriebeschuss getötet."

General von Winterfeldt sah ihm kurz in die Augen und antwortete:

„Wir werden tun, was wir können."

Der Offizier wünschte ihm noch kurz alles Gute, bevor die kleine Gruppe ihren Weg fortsetzte.

Inzwischen waren alle Vorbereitungen abgeschlossen, und kurz darauf fuhren wir in Richtung auf die Frontlinie ab. Es war längst vollständig dunkel geworden, und in der feuchten Luft des kalten Novemberabends hatte sich leichter Nebel gebildet, der die zunehmend einsame, von wenigen Bäumen gesäumte Straße und die flache Landschaft, die sie umgab, im Licht des Mondes in ein geheimnisvolles graues Licht tauchte und uns das Gefühl gab, in einem weiten Raum ohne Ursprung und Ziel verloren zu sein. Je näher wir der Front kamen, desto mehr sahen wir die Spuren, die die Kämpfe hinterlassen hatten: verbrannte Häuserruinen ohne Dächer, zerstörte Geschütze und Granattrichter, die sich im Regen der vergangenen Tage mit Wasser gefüllt hatten. Ich wusste aus den Erzählungen von Kameraden, dass diese Löcher oft mehrere Meter tief waren und dass Soldaten, die hineingestürzt waren oder sich vor dem Beschuss in sie geflüchtet hatten, nicht selten darin ertranken, weil sie sich nicht mehr daraus befreien konnten, wenn der Wasserspiegel bei starkem Regen schnell stieg.

Als wir die letzten deutschen Vorposten passiert hatten, fuhren wir nur noch im Schritttempo weiter, so dass ich die Umgebung der Straße genauer betrachten konnte. Das Trommelfeuer war hier so heftig gewesen, dass sich ein wassergefüllter Granattrichter an den nächsten reihte und von den Bäumen nur noch zersplitterte Stümpfe übrig waren. Es war eine unheimliche nächtliche Sumpflandschaft, die uns erahnen ließ, welches Grauen sich in ihr verbarg.

Plötzlich blieben wir stehen. General von Winterfeldt stieg aus dem ersten Wagen aus und sagte uns, dass wir umkehren müssten, weil wir von der französischen Seite keine Trompetensignale gehört hätten und daher nicht mit Sicherheit wüssten, ob die Franzosen unser Kommen bemerkt hätten. So fuhren wir zurück und unternahmen kurz darauf einen zweiten Versuch. Dieses Mal hörten wir leise Töne einer Trompete, als wir uns den französischen Linien näherten, und setzten unsere Fahrt fort. Nach etwa zwei Minuten sahen wir schließlich die ersten französischen Soldaten, die sich dem ersten Wagen mit Staatssekretär Erzberger näherten.

Zwei französische Offiziere stiegen in das erste Fahrzeug ein, und wir fuhren wir weiter nach La Capelle, wo sich viele Zivilisten um unsere Autos drängten, weil sich offenbar herumgesprochen hatte, dass eine deutsche Waffenstillstandsdelegation unterwegs sei. Die Menschen verhielten sich erstaunlich diszipliniert und zurückhaltend, und glücklicherweise machte niemand den Versuch, uns zu bedrängen oder zu bedrohen. In einer Villa am Stadtrand warteten andere französische Offiziere auf uns und baten uns, in ihre Autos zu steigen. Graf Oberndorff fragte den uns begleitenden Offizier, wohin wir führen, doch er konnte oder wollte uns das Ziel unserer Reise nicht nennen, sondern erwähnte nur kurz, dass wir bald in einen Zug umsteigen würden, der uns zum Ort der Verhandlungen bringen sollte.

Nachdem wir La Capelle verlassen hatten, fuhren wir weiter auf einsamen Landstraßen, während der immer dichtere Nebel die Wälder und die vom Regen überfluteten Felder wie mit einem dicken Leichentuch umhüllte. Gegen ein Uhr gelangten wir schließlich zu einem abgelegenen Bauernhof, von dem teilweise nur noch Ruinen übrig waren. Die Ställe waren rußgeschwärzt und Teile ihrer Mauern eingestürzt. Der Brunnen war völlig zerstört, und einer der französischen Offiziere, die uns begleiteten, erzählte uns, dass er wahrscheinlich von deutschen Soldaten vergiftet worden sei wie viele Brunnen in dieser Gegend. Weil Trümmer und aufgeschüttete Erde das Wasser in mehreren Abflusskanälen aufgestaut hatten, war der Hof ringsum von überschwemmten Feldern umgeben wie eine Insel inmitten eines von Gott und den Menschen verlassenen Ozeans. Das Wohngebäude war zwar im Wesentlichen unbeschädigt, doch war es in der feuchten Novembernacht trotz des Feuers, das im Kamin brannte, dunkel und eisig kalt. Hier war ein einfaches Abendessen für uns vorbereitet, doch sprachen die französischen Soldaten und unsere Begleiter kaum ein Wort, obwohl Rittmeister von Helldorf und ich mehrfach versuchten, mit ihnen ins Gespräch zu kommen. Ein französischer General teilte Erzberger und General von Winterfeldt lediglich kurz mit, dass Marschall Foch bereit sei, die Verhandlungen zu eröffnen.

Nach etwa einer Stunde fuhren wir weiter, wobei ich den Eindruck hatte, dass wir scheinbar ziellos durch Nordostfrankreich fuhren, bevor wir schließlich gegen vier Uhr morgens die Reste eines kleinen Ortes erreichten. Die Straßen waren von Schuttbergen gesäumt, aus denen sich an einigen Stellen von Granaten zerrissene Häuserfassaden erhoben. Unsere Wagenkolonne wirkte wie ein gespenstischer Trauerzug inmitten dieser vom fahlen Mondlicht beschienenen Landschaft des Todes.

„Wo sind wir?", fragte Graf Oberndorff.
„In Tergnier", antwortete unser französischer Begleitoffizier.
„Wo ist das?"
„Etwa 30 Kilometer westlich von Laon. Hier war einmal eine Kleinstadt."
Einige Minuten später hielten wir an einem von Trümmern umgebenen Gleis mit einem Zug, der aus einem Salonwagen, einem Speisewagen und einem Schlafwagen bestand. Es herrschte tiefe Stille, als wir ausstiegen und uns einen Weg über die von Fackeln beleuchteten Trümmer bahnten, die im flackernden Licht wirkten, als wollten ihre Schatten die Geister der Toten heraufbeschwören. Niemand sagte ein Wort, kein Geräusch war zu hören, keine Bewegung zu sehen. Selbst die Ratten schienen diesen Ort am Ende der Welt längst verlassen zu haben.

Schließlich sagte ein französischer Offizier:
„Hier haben einmal etwa 4000 Menschen gelebt, bevor die Deutschen 1914 alle Männer verschleppt und später beim Rückzug die ganze Stadt mit systematischer Präzision zerstört haben."
Nachdem wir den Zug bestiegen hatten, bemerkte Graf Oberndorff, dass der erste, mit grünem Samt ausgeschlagene Wagen offenbar der Salonwagen Napoleons III. gewesen war, wie die mit einer Krone versehene Initiale `N` verriet, die als Wappen in den Samtbezug eingelassen war. Am Ende des Zuges befand sich der Schlafwagen, in den wir uns sofort zurückzogen, um vor dem Beginn der Verhandlungen noch einige Stunden zu ruhen. Bei der Abfahrt aus Tergnier sah ich die Reste des Kanals von St. Quentin, in dessen Uferböschung eine etwa 30 Meter breite Lücke klaffte, durch die das Wasser abgeflossen war. Der leere Kanal war an manchen Stellen mit Schutt angefüllt, und alle Brücken waren eingestürzt, Nur die Reste zerquetschter, halb unter Trümmern begrabener Kähne

ragten aus dem Kanalbett wie ein Zeichen für das Ende jeder menschlichen Zivilisation.

Ich zog den Vorhang zu und bemühte mich, etwas Schlaf zu finden, doch ich kam nicht wirklich zur Ruhe. Immer wieder erschienen in meinen durch die Geräusche und Bewegungen des Zuges unterbrochenen Träumen Bilder aus meiner Zeit in Nordfrankreich, Erinnerungen an die Deportation der Bewohner von Lille im Jahr 1916, die ich als Dolmetscher miterlebte, und an die zerstörten, überfluteten Kohlebergwerke Nordostfrankreichs. Nach längerer Zeit fiel ich endlich in einen etwas tieferen Schlaf, aus dem ich erwachte, als der Zug im Morgengrauen anhielt.

Es war etwa sieben Uhr, als ich den Vorhang öffnete und nach draußen auf die graue, von Nebelschwaden durchzogene Landschaft blickte. Wir befanden uns in einem Wald, dessen hohe, kahle Laubbäume ebenso wie der Boden von leichtem Raureif bedeckt waren. Unser Zug war in einer Kurve zum Stehen gekommen, und als ich auf der anderen Seite aus dem Fenster sah, bemerkte ich, dass auf einem ebenfalls gekrümmten, von uns abgewandten Gleis gegenüber ein weiterer Zug stand. Beide Züge waren etwa 100 Meter voneinander entfernt und durch einen schmalen Pfad miteinander verbunden, der jedoch von Gestrüpp überwuchert und nur schwer begehbar war.

Graf Oberndorff fragte einen Soldaten des französischen Begleitkommandos, wo wir seien.

„Ich weiß es nicht", antwortete er. „Aber ich kenne den Zug da drüben. Das ist der Zug von Marschall Foch. Es ist sein Hauptquartier."

Mir kam die Gegend vage bekannt vor, weil ich in meiner Zeit in Paris öfter Ausflüge in die nähere und weitere Umgebung der Stadt unternommen hatte, und ich vermutete wie auch Graf Oberndorff, dass wir uns in der Nähe von Compiègne befanden.

Etwa zwei Stunden später, gegen neun Uhr, erhielten wir die Nachricht, dass die Verhandlungen in einer Stunde beginnen sollten. Die Spannung in der deutschen Delegation war mit Händen zu greifen, weil niemand wusste, was uns erwartete, mit wem wir im Einzelnen verhandeln würden und wie Marschall Foch sich uns gegenüber verhalten würde. Graf Oberndorff und General von Winterfeldt wussten wenig über ihn, außer dass er aus Südfrankreich stammte, als Offizier im deutsch-französischen Krieg gedient hatte und später Leiter der französischen Militärakademie gewesen war. Allerdings schienen beide zu fürchten, dass die Waffenstillstandsbedingungen härter als vielfach erhofft und erwartet ausfallen würden, auch wenn niemand diese Befürchtung offen aussprach.

Kurz vor zehn Uhr verließen wir unseren Eisenbahnwaggon und gingen zum Gleis gegenüber, auf dem der zweite Zug stand. Durch die Feuchtigkeit des Nebels bildete der Raureif an manchen Stellen eine dicke Schicht von Eiskristallen wie unerbittliche Vorboten eines langen, strengen Winters. Niemand sprach ein Wort. Das Knirschen des gefrorenen Bodens unter unseren Füßen und das Krächzen einiger umherfliegender Krähen waren die einzigen Geräusche, die wir hörten, bis wir einen zum Salonwagen umgebauten Speisewagen erreichten, dessen Tür von innen geöffnet wurde. Wir betraten alsbald ein großes, an den Seiten mit rötlich-braunem Teakholz beschlagenes Abteil, in dessen Mitte ein etwa drei Meter langer Tisch mit einer hellbraun gemaserten Tischplatte stand, gesäumt von vier Stühlen auf jeder Seite. Der hintere Bereich des Abteils, in dem französische Wachsoldaten Aufstellung genommen hatten, war durch eine mit Glasscheiben versehene Wand abgetrennt. Auf dem Tisch standen kleine Kärtchen, die die Plätze der Delegierten bezeichneten: Für Staatssekretär Erzberger war der dritte Stuhl von links vorgesehen. Rechts neben ihm sollte Graf Oberndorff Platz nehmen und auf der linken Seite General von Winterfeldt und Kapitän Vanselow. Die jeweiligen Dolmetscher standen am Ende des Tisches. Ich wartete hinter Rittmeister von Helldorf, um bei Bedarf als zusätzlicher Dolmetscher zur Verfügung zu stehen.

Kurz darauf hörten wir Schritte. Die französischen Wachsoldaten verharrten in Habachtstellung, als ein kleiner Mann mit buschigem Schnurrbart als erster den Wagen betrat, gefolgt von einem weiteren Offizier in französischer Armeeuniform und mehreren Marineoffizieren. Nachdem die alliierte Delegation hinter den Stühlen auf der anderen Seite des Tisches Aufstellung genommen hatte, nannte Marschall Foch seinen Namen, verneigte sich leicht und stellte anschließend die anderen Offiziere vor: den britischen First Sea Lord Rosslyn Wemyss, Admiral Hope, den französischen Generalstabschef Maxime Weygand, den französischen Dolmetscher Leutnant Laperche und seinen britischen Kollegen Bagot. Anschließend nannte Erzberger die Namen der Mitglieder der deutschen Delegation und überreichte ihre Vollmachten. Marschall Foch nahm die Urkunden an sich und ging mit der alliierten Delegation in den abgetrennten Bereich des Abteils, wo er die Dokumente genau in Augenschein nahm. Während er mit dem Dolmetscher und dem französischen Generalstabschef sprach, verrieten seine Gesten deutlich ein starkes Bewusstsein von Macht und Autorität, die keinen Widerspruch duldete. Admiral Wemyss, ein mittelgroßer, etwa 55 Jahre alter Mann, schaute sich hingegen die Papiere nur kurz an und schien anschließend seine Zustimmung zu geben.

Schließlich kehrten alle Offiziere in das große Verhandlungsabteil zurück, und Marschall Foch bat die deutschen Delegierten, Platz zu nehmen. Anschließend fragte er, an Staatssekretär Erzberger gewandt: „Was führt die Herren hierher? Was wünschen Sie von mir?"

Erzberger antwortete:

„Wir sind gekommen, um die alliierten Vorschläge für einen Waffenstillstand an allen Fronten entgegenzunehmen."

Nach einer kurzen Pause, in der die völlige Stille die Anspannung seiner harten Gesichtszüge noch deutlicher hervortreten ließ, sagte Marschall Foch in schneidendem Ton:

„Ich habe keine Vorschläge zu machen. Die deutsche Delegation kann lediglich die Bedingungen des Waffenstillstands erfahren. Deutschland kann sie annehmen oder ablehnen. Ein Drittes gibt es nicht."

Diese Worte müssen Erzberger tief getroffen haben, weil sie alle Hoffnungen auf milde Waffenstillstandsbedingungen zunichte machten. Dennoch wirkte er erstaunlich ruhig und berief sich in seiner Antwort auf die letzte Note von Präsident Wilson, die Graf Oberndorff auf Englisch vorlas. Darauf erwiderte Marschall Foch:

„Es ist in der Note von Präsident Wilson ausdrücklich von den `Bedingungen` des Waffenstillstands die Rede. Diese Bedingungen sind keinesfalls Gegenstand von Verhandlungen. Es gibt für Deutschland nur die Wahl zwischen Annahme und Ablehnung. Sind Sie bereit, unter diesen Bedingungen um Waffenstillstand zu bitten?"

Staatssekretär Erzberger antwortete nach kurzem Zögern:

„Ja, bitte teilen Sie uns die Bedingungen des Waffenstillstands mit."

Daraufhin sagte Marschall Foch zu General Weygand:

„Herr General, beginnen Sie mit der Verlesung der Waffenstillstandsbedingungen!"

General Weygand trug den Text in geschäftsmäßigem Ton vor, während Marschall Foch mit stoischer Miene zuhörte und Admiral Wemyss einen Anschein von Gelassenheit, ja Gleichgültigkeit zu wahren versuchte, obwohl seine Bewegungen gelegentlich eine gewisse innere Anspannung verrieten. Offenkundig waren sich die Alliierten trotz allem nicht sicher, ob die deutsche Delegation die Bedingungen annehmen oder die Verhandlungen abbrechen würde.

Rittmeister von Helldorf übersetzte den Text ins Deutsche, und da ich jetzt unmittelbar neben ihm stand, konnte ich auch die Reaktionen der deutschen Delegierten beobachten. Die Mienen von Staatssekretär Erzberger und Graf Oberndorff wirkten wie versteinert, und beide versuchten, sich das Entsetzen, das sie angesichts der Härte der Bedingungen empfinden mussten, nicht anmerken zu lassen. Freilich hatte ich wie schon zuvor den Eindruck, dass sie mehr als die beiden Offiziere die Lage richtig eingeschätzt hatten und besser fähig waren, ihr seelisches Gleichgewicht zu wahren. General von Winterfeldt und Kapitän Vanselow konnten dagegen ihre Erschütterung kaum verbergen. Im blassen Gesicht von General von Winterfeldt spiegelte sich Verzweiflung wider, und als die Bestimmung über die Besetzung des Rheinlandes verlesen wurde, glaubte ich zu bemerken, dass eine Träne über die Wange von Kapitän Vanselow lief, der lange Zeit in Düsseldorf gelebt hatte. Auch mich traf die Aussicht tief, dass meine Heimat von fremden Truppen besetzt werden würde, und ich fragte mich, was das für meine Familie bedeutete.

Nachdem alle wesentlichen Bedingungen verlesen worden waren, bat General von Winterfeldt in fließendem Französisch um einen sofortigen vorläufigen Waffenstillstand während der Zeit der Verhandlungen und um eine Verlängerung der Frist für die Annahme oder Ablehnung von 72 auf 96 Stunden. Marschall Foch erwiderte, eine Waffenruhe könne erst nach Unterzeichnung des Waffenstillstandsvertrages beginnen und eine Verlängerung der Frist sei unmöglich, da er an die Bedingungen gebunden sei, die die alliierten Regierungen festgelegt hätten. Staatssekretär Erzberger gab zu bedenken, dass er die Bedingungen an die Reichsregierung und an die Oberste Heeresleitung übermitteln müsse und dass dies in der Kürze der

Zeit schwer möglich sei, weil man wahrscheinlich einen Kurier benötige, der zunächst den ganzen beschwerlichen Weg nach Spa zurücklegen müsse. Da Marschall Foch jedoch unerbittlich jede Verlängerung ablehnte, schlug Erzberger vor, ein Mitglied unserer Delegation als Kurier zur Obersten Heeresleitung nach Belgien zu entsenden, da die Bedingungen zu umfangreich seien, um sie per Funk als chiffrierte Botschaft zu übermitteln. Rittmeister von Helldorf bot sofort an, die Rolle des Kuriers zu übernehmen. Erzberger gab ihm noch Anweisungen und zusätzliche Informationen mit auf den Weg, bevor er sich auf die sofortige Abreise vorbereitete. Marschall Foch gab der deutschen Delegation danach eindeutig zu verstehen, dass die Frist für die Annahme der Bedingungen unwiderruflich am 11. November um 11 Uhr ablaufe und dass jede Verlängerung ausgeschlossen sei. Auf Nachfrage von Staatssekretär Erzberger gestand er jedoch zu, dass in den folgenden Tagen Verhandlungen und Gespräche über Einzelheiten der Bedingungen zwischen einzelnen Delegationsmitgliedern möglich seien und dass die deutsche Delegation schriftlich Einwände und Gegenvorschläge zu den einzelnen Artikeln formulieren könne.

Anschließend zogen sich die alliierten Offiziere ohne jeden Gruß zurück. Nach einigen Minuten traten wir den kurzen Rückweg zu unserem Zug an, wo sich die Delegation im Salonwagen versammelte. Die Stimmung war tief niedergeschlagen, und alle Delegierten wirkten sprachlos angesichts einer Lage, die bedrückender war, als sie sie es je erwartet hätten. Staatssekretär Erzberger brach schließlich das Schweigen, indem er sagte:

„Meine Herren, wir wissen alle, was diese Bedingungen bedeuten. Doch auch wenn die Lage aussichtslos scheint, müssen wir unser Bestes tun, um sie zu bewältigen, und in die Zukunft blicken. Und vor allem dürfen wir trotz allem die Hoffnung nicht verlieren."

Ich bewunderte die Gelassenheit, mit der er diese Worte sprach, und die Zuversicht, die sich selbst in dieser Lage in ihnen widerspiegelte.

Nach einer kurzen Pause sagte Graf Oberndorff:

„Wir müssen jetzt festlegen, wie wir auf diese Bedingungen reagieren wollen und welche Argumente wir gegen sie vorbringen können."

Darauf antwortete Staatssekretär Erzberger:

„Wir sollten betonen, dass diese Bedingungen eigentlich undurchführbar sind und auf längeren Fristen für die Räumung der besetzten Gebiete bestehen. Außerdem müssen wir deutlich machen, dass Deutschland durch die Ablieferung nahezu aller Waffen dem Bolschewismus anheimfallen würde und dass die Fortsetzung der Blockade Hunderttausende der Gefahr des Verhungerns aussetzt."

Die anderen Delegierten stimmten dem zu. Während eines kurzen Mittagessens wurden noch einige Einzelheiten besprochen und auch festgelegt, dass ich als nunmehr einziger Dolmetscher Kapitän Vanselow zur Seite stehen sollte, da Graf Oberndorff und General von Winterfeldt fließend Englisch und Französisch sprachen, während Staatssekretär Erzberger erwartete, sich mit Hilfe des französischen Dolmetschers verständigen zu können.

Gegen drei Uhr nachmittags kehrten wir zum Zug von Marschall Foch zurück. Der Nebel hatte sich inzwischen gelichtet, doch waren an seine Stelle dichte Wolken getreten, die den Himmel noch dunkler erscheinen ließen. Immerhin war es etwas milder geworden, und es wehte ein leichter Wind, der an manchen Stellen die Blätter aufwirbelte und dem herbstlichen Wald einen Hauch von Leben zurückgab.

Wenig später begannen im abgetrennten Teil von Marschall Fochs Salonwagen die Gespräche zwischen Kapitän Vanselow und Admiral Wemyss.

Die Distanz zwischen beiden schien von Beginn an unüberwindlich, und es war, als ob eine Mauer des Misstrauens Admiral Wemyss von Kapitän Vanselow und den anderen Mitgliedern der deutschen Delegation trennte.

„Ich habe den Eindruck", sagte der Admiral gleich zu Beginn des Gesprächs, „dass Deutschland nur Zeit gewinnen will, um seine Truppen zu reorganisieren und danach den Krieg fortzusetzen. Außerdem haben die Deutschen keineswegs die Hoffnung aufgegeben, England durch den unbeschränkten U-Boot-Krieg aushungern zu können."

Kapitän Vanselow antwortete, dass Deutschland sich aufrichtig um einen Waffenstillstand bemühe und dass die revolutionäre Stimmung an den Marinestützpunkten eine Fortsetzung des Krieges zur See nahezu unmöglich mache.

Darauf sagte Admiral Wemyss:

„Die alten deutschen Eliten benutzen das Argument des drohenden Bolschewismus, um mildere Waffenstillstandsbedingungen zu erhalten und ihre Macht zu sichern, um so bald wie möglich einen neuen Krieg vorzubereiten."

Kapitän Vanselow wirkte für einen Augenblick sprachlos angesichts dieses Misstrauens, das er trotz der Erfahrungen des Vormittags nicht erwartet hatte. Er vermied den stechenden Blick seines Gesprächspartners, als er darauf hinwies, dass sich die Lage stündlich verschlechtere und dass Deutschland in die Anarchie abzugleiten drohe.

Nach einem weiteren Augenblick des Schweigens fragte Admiral Wemyss:

„Haben Sie irgendwelche Fragen oder Anmerkungen zu den Einzelheiten der Waffenstillstandsbedingungen?"

„Ja", antwortete Kapitän Vanselow. „Die Fortsetzung der alliierten Blockade wird es für die deutsche Regierung unmöglich machen, die Bevölkerung mit Lebensmitteln zu versorgen. Deutschland steht eine Hungerkatastrophe bevor. Es sind während des Krieges bereits Hunderttausende in Folge von Hunger und Mangelernährung gestorben."

„Es ist für Deutschland durchaus möglich, seine Bevölkerung mit Nahrungsmitteln zu versorgen, auch wenn die Blockade bestehen bleibt. Im Übrigen ist die Ernährungslage auch in Frankreich und Großbritannien nicht viel besser."

„Der Hunger wird die Deutschen in die Arme der Bolschewisten treiben, ebenso wie die Russen. Die Alliierten wiederholen jetzt denselben Fehler, den die Deutschen 1917 im Frieden von Brest-Litowsk gemacht haben."

„Nun", antwortete Admiral Wemyss, „die Deutschen sollten nicht vergessen, dass nicht sie, sondern die Alliierten den Krieg gewonnen haben. Wer den Wind in den Segeln hat, hat den Erfolg."

Ich sah Kapitän Vanselow an, dass er sich durch die Antwort verletzt fühlte, auch wenn er sich bemühte, nach außen ruhig und gelassen zu erscheinen.

Schließlich fragte Admiral Wemyss:

„Gibt es noch weitere Anmerkungen?"

„Ja. Von Deutschland wird die Auslieferung von 160 U-Booten verlangt. So viele haben wir gar nicht."

Admiral Wemyss wirkte tief erstaunt. „Über wie viele U-Boote verfügt die deutsche Marine derzeit?"

„Im Augenblick sind nur etwa 100 U-Boote einsatzbereit. Der Rest liegt in Docks oder ist noch im Bau."

„Das ist kaum zu glauben angesichts der deutschen Pläne, Großbritannien durch den U-Boot-Krieg von der Nahrungsmittelversorgung abzuschneiden."

Nachdem Kapitän Vanselow ihm versichert hatte, dass die Alliierten diese Zahlen durch Inspektionen überprüfen könnten, schien er bereit, dem Einwand Glauben zu schenken, obwohl sein Misstrauen noch immer nahezu unüberwindlich war.

Vor dem Ende des Gesprächs sagte Admiral Wemyss noch:

„Falls die Deutschen die Bedingungen des Waffenstillstands nicht einhalten oder falsche Angaben machen, müssen sie damit rechnen, dass die Alliierten im Gegenzug Helgoland besetzen."

„Wir werden uns bemühen, alle Bedingungen so genau wie möglich zu befolgen, doch erscheinen manche Bestimmungen nahezu undurchführbar."

„Es mag zwar in einigen Fällen schwierig sein, diese Bedingungen einzuhalten, aber es ist sehr wohl möglich, wenn die Deutschen es ernsthaft wollen."

Danach erhoben sich beide, und Admiral Wemyss verließ mit einem kurzen militärischen Gruß den Raum.

Ich sah Kapitän Vanselow an, und als sich unsere Blicke für einen Moment begegneten, bemerkte ich in seinen blauen Augen einen Ausdruck tiefer Resignation.

Nachdem wir zu unserem Zug zurückgekehrt waren, besprachen die Delegierten erneut mit Staatssekretär Erzberger die Lage. Auch die anderen Delegationsmitglieder hatten das abgrundtiefe Misstrauen der alliierten Offiziere zu spüren bekommen und teilten den Eindruck, dass die Alliierten auf keinen Fall zu einer Aufhebung der Blockade bereit sein würden. Wir alle wussten, was das bedeutete, da fast alle Mitglieder der deutschen Delegation Familienangehörige hatten, die an den Folgen des Hungers gestorben waren. Auch ich dachte sofort an Elisabeths Mutter, die noch immer an den Folgen der Entbehrungen und ihrer Krankheit litt.

Am Ende der kurzen Besprechung kündigte Erzberger an, dass die deutsche Delegation am nächsten Tag Gegenvorschläge zu den Waffenstillstandsbedingungen formulieren würde, bevor wir im Speisewagen unser Abendessen einnahmen. Während des Essens waren alle Mitglieder der Delegation tief in ihre Gedanken versunken. Kaum jemand sprach ein Wort, und doch schienen wir alle zu ahnen, was die anderen dachten. Schließlich zogen wir uns in den Schlafwagen zurück, um nach den vorangegangenen Tagen und Nächten fast ohne Schlaf lang ersehnte Ruhe zu finden. Nach einigen Stunden wurde ich von einem Geräusch geweckt, das, wie ich glaubte, von draußen kam. Da mich danach ein steter Fluss von Gedanken wachhielt, stand ich auf und blickte durch ein Fenster auf dem Gang auf den Zug von Marschall Foch, der wie der Wald in tiefem Dunkel lag. Nur ab und zu rissen die Wolken kurz auf, und der Mond warf ein rasch wechselndes Licht auf den Wald, die kahlen Äste der Bäume und den in einiger Entfernung stehenden Zug. Wie die Wolken und das Licht zogen in meinem Inneren auch meine Gedanken vorüber: Die Freude über ein Ende des Krieges und meine Rückkehr nach Hause wechselten sich ab mit Befürchtungen über unsere Zukunft. Auch Nadjeschda war immer in meinen Gedanken gegenwärtig. Ich fragte mich, was das Ende des Krieges für sie und ihre Familie bedeuten würde. Der Zusammenbruch Deutschlands und Österreich-Ungarns und der Verzicht Deutschlands auf den Friedensvertrag von Brest-Litowsk, von dem im Waffenstillstandsabkommen die Rede war, würden wahrscheinlich zu einem Bürgerkrieg in der Ukraine und möglicherweise auch zu einer neuen Welle von Pogromen führen. Ich erinnerte mich an ihre Worte, dass der Tod immer ein Begleiter in ihrem Leben sei, und hoffte, dass sie und ihre Familie rechtzeitig würden auswandern können.

Nach etwa einer halben Stunde kehrte ich schließlich völlig erschöpft in mein Abteil zurück und schlief bis zum nächsten Morgen.

Am Vormittag begannen die Mitglieder der deutschen Delegation, die Gegenvorschläge zu den Waffenstillstandsbedingungen zu formulieren, die ich sofort ins Französische und Englische übersetzte, während heftiger Regen auf das Dach und gegen die Fenster des Salonwagens prasselte. Besonderer Wert wurde auch hier auf die Aufhebung der Blockade und die Rückkehr der deutschen Kriegsgefangenen gelegt, die nach den Bedingungen der Alliierten im Ausland interniert bleiben sollten. Freilich war sich Staatssekretär Erzberger der Tatsache bewusst, dass die Alliierten wahrscheinlich unerbittlich bleiben würden, und versuchte deshalb, wenigstens eine Bestimmung einzufügen, nach der Deutschland ausreichend mit Lebensmitteln versorgt werden sollte.

Am Nachmittag war ich mit den Übersetzungen fertig und machte gemeinsam mit Graf Oberndorff einen längeren Spaziergang in der Umgebung. Freilich konnten wir uns nur in einem Umkreis von etwa zwei Kilometern bewegen, da die Umgebung der beiden Züge durch französische Soldaten abgesperrt war. Der Regen hatte aufgehört, doch hatten sich tiefe Pfützen gebildet, und die Wege waren mit Schlamm bedeckt. Gleichzeitig begannen jedoch die Wolken aufzulockern, und manchmal kam die Sonne zum Vorschein.

„Das heutige Frankreich ist nicht mehr das Land, das ich vor 1914 kannte", sagte Graf Oberndorff.

„Das stimmt", antwortete ich. „Der Krieg hat ganz Europa tief verändert und ein Misstrauen hinterlassen, das noch viele Jahrzehnte nachwirken wird."

„Das Leben wird für die Menschen nicht nur in Deutschland, sondern überall in Europa sehr schwer werden. Ich frage mich, was etwa aus Bulgarien werden wird, wo ich lange Zeit als Gesandter tätig war, oder aus Russland, wo jetzt die Bolschewisten die Macht übernommen haben."

Ich sprach mit ihm über meine Zeit in Odessa, und er erzählte mir, dass er die Stadt gut kenne.

„Niemand weiß, was jetzt geschehen wird und was das Ende des Krieges für die Stadt und ihre Bewohner bedeutet. Vielleicht wird es eine Hungersnot oder einen Bürgerkrieg geben, und auch Odessa wird nicht mehr so sein, wie es heute ist", sagte er.

Wir gingen noch eine Weile weiter, beide schweigend in unsere Gedanken und Erinnerungen versunken, bevor wir zu unserem Zug zurückkehrten.

In der Nacht wurden wir gegen zwölf Uhr geweckt, als ein französischer Offizier Staatssekretär Erzberger ein Telegramm überreichte, aus dem hervorging, dass der Kaiser abgedankt habe und eine neue Regierung gebildet worden sei. Graf Oberndorff fragte daraufhin, ob es überhaupt noch sinnvoll sei, die Verhandlungen fortzusetzen, weil niemand wisse, ob die neue Regierung dem Waffenstillstand überhaupt zustimmen würde und ob sie die Möglichkeit hätte, dessen Bedingungen zu erfüllen. Erzberger entschied jedoch, dass die Verhandlungen weitergeführt werden sollten, weil ein Abbruch für Deutschland unabsehbare Folgen habe und zur Verwüstung des Rheinlandes durch alliierte Truppen führen könne, was unter allen Umständen verhindert werden müsse.

So fand am Sonntagvormittag eine weitere Besprechung zwischen Admiral Wemyss und Kapitän Vanselow statt, bei der ich als Dolmetscher assistierte.

Kapitän Vanselow betonte erneut die große Gefahr, die der Bolschewismus für Deutschland bedeute, und versuchte, Admiral Wemyss davon zu überzeugen, dass sich deutsche Truppen nicht zu schnell aus der Ukraine und den baltischen Staaten zurückziehen sollten, da die Bevölkerung dieser Gebiete sonst den Gräueltaten der Bolschewisten ausgesetzt sei.

Admiral Wemyss schien bereit, darauf einzugehen, doch war sein Misstrauen nach wie vor ungebrochen:

„Welche Truppen werden beispielsweise in die baltischen Staaten entsandt, wenn nach dem Waffenstillstand viele Soldaten aus der deutschen Armee entlassen werden?"

„Es werden sich genügend Freiwillige finden, die diese Aufgabe übernehmen", antwortete Kapitän Vanselow.

„Was werden das für Freiwillige sein?"
„Es wird sich um reguläre Truppen und um Freiwilligenverbände handeln, die nach dem Krieg gebildet werden."
„Wer gibt uns die Sicherheit dafür, dass diese Soldaten nicht Kriminelle sind, die ihrerseits Verbrechen begehen?"
„Die deutsche Regierung wird das verhindern", antwortete Kapitän Vanselow.
„Wenn eine zukünftige Regierung dazu willens und in der Lage ist…", wandte Admiral Wemyss ein.
Schließlich sagte er jedoch zu, dass dieser Punkt möglicherweise in das Waffenstillstandsabkommen aufgenommen würde.

Den Nachmittag und den Abend verbrachte ich mit der Übersetzung der Antwort von Marschall Foch auf die deutschen Gegenvorschläge. Die Wünsche der deutschen Waffenstillstandskommission wurden weitgehend abgelehnt. Nur einige Fristen für die Räumung der besetzten Gebiete und des Rheinlandes wurden geringfügig verlängert, und die Breite der neutralen Zone rechts des Rheins wurde von 30 auf 10 Kilometer verringert. Außerdem wurde festgelegt, dass deutsche Truppen zunächst in den Gebieten bleiben sollten, die zu Russland gehörten, wie Kapitän Vanselow es vorgeschlagen hatte. Ich war zunächst erleichtert darüber, weil ich hoffte, dass der Ukraine damit ein Bürgerkrieg erspart bleiben würde.
Am Abend traf ein Telegramm der Reichsregierung ein, in dem Staatssekretär Erzberger ermächtigt wurde, den Waffenstillstand zu unterzeichnen. Die Oberste Heeresleitung machte in einem weiteren Telegramm Gegenvorschläge zu einigen Punkten, drang aber gleichzeitig darauf, den Waffenstillstand unter allen Umständen abzuschließen, auch wenn eine Durchsetzung dieser Vorschläge nicht gelingen sollte.
Kurz darauf ging ich mit Staatssekretär Erzberger zum Zug

von Marschall Foch, um der alliierten Delegation mitzuteilen, dass die Ermächtigung der Reichsregierung eingetroffen sei und dass noch in derselben Nacht eine letzte Besprechung stattfinden könne.

Der französische Dolmetscher Laperche sah sich mit Marschall Foch das Telegramm der Reichsregierung an, das mit den Worten ´Reichskanzler Schluss´ endete. Marschall Foch warf uns einen misstrauischen Blick zu. Dann sagte Laperche:

„Ist ´Schluss´ der Name des neuen Reichskanzlers? Und wenn ja, wer ist dieser Herr, und von welcher Partei kommt er? Er ist dem Oberkommando der Alliierten und der französischen Regierung völlig unbekannt."

Erzberger antwortete:

„´Schluss´ bedeutet in einem Telegramm ´Punkt´. Es handelt sich nicht um den Namen des neuen Reichskanzlers."

„Aber wie heißt dann der neue Reichskanzler?"

Erzberger wirkte leicht verlegen, versuchte aber, sich seine Unsicherheit nicht anmerken zu lassen.

„Wir wissen es nicht", antwortete er. „Vielleicht ist auch der alte Reichskanzler noch im Amt."

Leutnant Laperche und Marschall Foch besprachen für einen Augenblick die Situation, und ich sah deutlich das Misstrauen in ihren Gesichtern.

Schließlich kehrte Marschall Foch zu uns zurück und sagte:

„Wir nehmen an, dass der Absender dieses Telegramms für das deutsche Volk spricht, gleichgültig um wen es sich handelt, und dass die deutsche Regierung in der Lage sein wird, die Waffenstillstandsbedingungen zu erfüllen. Ansonsten werden wir sie mit Gewalt durchsetzen."

Danach vereinbarten Marschall Foch und Staatssekretär Erzberger, dass sie sich um Viertel nach zwei nachts zu einer letzten Konferenz treffen und anschließend das Abkommen unterzeichnen würden.

Nachdem wir in unseren Zug zurückgekehrt waren, aßen wir zu Abend, und die Delegierten besprachen zum letzten Mal vor den abschließenden Verhandlungen die Lage. Die Atmosphäre war angespannt, denn alle wussten, was der Abschluss des Waffenstillstands für Deutschland bedeutete. Die deutsche Armee würde danach nicht mehr in der Lage sein, die alliierten Truppen noch aufzuhalten, und Deutschland würde wehrlos sein. Andererseits war allen bewusst, dass es zur Unterschrift keine Alternative gab, weil die Folgen einer Verweigerung noch schwerwiegender wären und möglicherweise zu einer Zerstörung Westdeutschlands und einer Aufteilung des Reiches führen würden. In mir weckten die Gespräche unter den Delegierten Erinnerungen an die Verwüstungen, die ich auf dem Weg nach Compiègne gesehen hatte, und an den Hunger in Deutschland, und ich war froh, dass der Krieg zu Ende ging, auch wenn die Folgen für Deutschland schwerwiegend sein würden.

Kurz nach zwei Uhr machten wir uns schließlich auf den Weg zu Marschall Foch. Der Weg war vom Regen der vergangenen Tage noch immer mit Schlamm bedeckt, und wir mussten uns vorsehen, um nicht auszurutschen oder mit unseren Mänteln im dicken Gestrüpp hängenzubleiben. Es war eine sternenklare, kalte Nacht, die mich trotz aller Anspannung auf dem kurzen Weg an meine Fahrt in die Ukraine erinnerte und an die Ruhe, die ich damals im Angesicht des Sternenhimmels empfunden hatte.

Nach etwas weniger als zwei Minuten erreichten wir den Salonwagen von Marschall Foch, wo nach kurzer Zeit die letzte Besprechung begann.

Es wurde jeder Artikel des Waffenstillstandsvertrags verlesen und anschließend ins Deutsche übersetzt. Staatssekretär Erzberger und die deutschen Delegierten versuchten, Marschall Foch darauf aufmerksam zu machen, dass die Durchführung mancher Bestimmungen unmöglich sei oder den Rücktransport der deutschen Truppen und die Versorgung Deutschlands mit Lebensmitteln erschweren würde. Insbesondere bat Erzberger geradezu flehentlich darum, auf die Abgabe von 10.000 Lastwagen zu verzichten, da ansonsten eine Rückkehr der deutschen Soldaten nicht möglich sei. Marschall Foch verminderte schließlich die Zahl der abzugebenden Lastwagen auf 5.000. Zum ersten Mal hatte ich bei diesem Gespräch das Gefühl, dass das Misstrauen zu schwinden begann und dass Marschall Foch Erzberger ein gewisses Vertrauen entgegenbrachte. Inzwischen schienen sich die Alliierten sicher zu sein, dass die deutsche Delegation den Waffenstillstand unterzeichnen würde, und waren deshalb zu einigen kleinen Zugeständnissen bereit. Eine längere Debatte gab es noch einmal bei der Bestimmung, die die Aufrechterhaltung der Blockade festlegte. Staatssekretär Erzberger sagte, dass dadurch während des Waffenstillstands der Krieg fortgesetzt werde. Darauf antwortete Marschall Foch:

„Wir haben mit Deutschland noch keinen Frieden geschlossen, und unsere Staaten befinden sich noch immer im Krieg. Es herrscht entweder Krieg oder Frieden. Ein Drittes gibt es nicht."

„Doch", sagte Staatssekretär Erzberger. „Das Dritte ist der Waffenstillstand. Eine Fortsetzung der Blockade könnte in Deutschland für viele Menschen den Hungertod bedeuten, zumal viele von der Grippe stark geschwächt sind."

Graf Oberndorff bemerkte dazu: „Eine Fortsetzung der Blockade wäre nicht fair."

In diesem Augenblick schlug Admiral Wemyss mit der Faust auf den Tisch und sagte laut:

„Nicht fair? Sie waren es schließlich, die unterschiedslos und ohne Vorwarnung unsere Schiffe versenkt haben! Denken Sie an die unschuldigen Frauen und Kinder auf der ´Lusitania´

und vielen anderen zivilen Schiffen, die durch die Torpedos deutscher U-Boote ihr Leben verloren haben."

„Wir bedauern das zutiefst", antwortete Graf Oberndorff. „Aber es geschah während des Krieges, der mit diesem Waffenstillstand beendet wird."

„Es tut uns ebenfalls leid", sagte Admiral Wemyss, „aber dieser Artikel wurde von den alliierten Regierungen so festgelegt und kann nicht geändert werden. Immerhin wurde die Bestimmung eingefügt, dass die Alliierten in Aussicht nehmen, Deutschland während des Waffenstillstands im als notwendig angesehenen Maß mit Lebensmitteln zu versorgen."

„Wir wissen das zu schätzen", antwortete Graf Oberndorff. „Aber diese Bestimmung bedeutet leider keine rechtliche Verpflichtung der Alliierten, Deutschland eine ausreichende Menge an Lebensmitteln zu liefern."

Admiral Wemyss und Marschall Foch antworteten mit eisigem Schweigen auf diesen Einwand, und Marschall Foch forderte General Weygand auf, den nächsten Artikel zu verlesen.

Kurz nach fünf Uhr morgens waren die letzten Besprechungen beendet, und Marschall Foch machte den Vorschlag, die letzte Seite des Vertrags zu unterzeichnen, da es noch längere Zeit dauern würde, bis die beiden Abschriften des gesamten Waffenstillstandsvertrags ausgefertigt wären. Staatssekretär Erzberger stimmte zu, und so begann nach einer kurzen Pause die Unterzeichnung des Vertrages. Während der kleinen Unterbrechung blickte ich aus dem Fenster auf die vom Mondlicht erhellte Landschaft, deren Stille und Einsamkeit in mir Gedanken an Tod und Endlichkeit weckte, aber auch an ein Leben jenseits all dessen, was wir in den letzten Jahren erfahren hatten.

Nach einigen Minuten nahmen beide Delegationen wieder Platz, und ein Offizier legte zwei Ausfertigungen der letzten Seite des Waffenstillstandsvertrags auf den Tisch. Marschall

Foch saß stramm aufrecht, wie er es häufig während der Verhandlungen getan hatte, als er als Erster seine Unterschrift unter den Vertrag setzte. In diesem Augenblick der Unterzeichnung schien sich das große Ziel seines Lebens zu verwirklichen, und selbst in seiner Handschrift spiegelte sich der Eindruck von Selbstgewissheit und Triumph wider, der seine Gesichtszüge prägte. Anschließend unterschrieb Admiral Wemyss, der zurückhaltender und distanzierter wirkte als Marschall Foch, ohne ein gewisses Gefühl des Stolzes, aber auch der Erleichterung ganz verbergen zu können. Von der deutschen Delegation setzte zuerst Staatssekretär Erzberger seinen Namen unter das Abkommen. Er war ruhig und gelassen, und sein Gesicht strahlte trotz der bedrückenden Umstände Hoffnung und eine gewisse Zuversicht aus, die er wohl seinem starken christlichen Glauben verdankte, der ihm schon während der Verhandlungen geholfen zu haben schien. Nach Graf Oberndorff unterschrieben als Letzte General von Winterfeldt und Kapitän Vanselow, denen es wie bei der Verlesung der Waffenstillstandsbedingungen am schwersten fiel, das Gefühl der Demütigung zu unterdrücken, das sie wesentlich stärker empfanden als Erzberger und Graf Oberndorff. Die Gesichter beider Offiziere wirkten stark angespannt, als sie beinahe unter Tränen mit ihrer Unterschrift das Ende des Krieges besiegelten.

Danach verlas Staatssekretär Erzberger eine kurze Erklärung, in der er nochmals hervorhob, dass die Waffenstillstandsbedingungen Deutschland in Hunger, Chaos und Anarchie stürzen würden. Seine kurze Ansprache schloss mit den Worten: „Ein Volk von siebzig Millionen leidet, aber es stirbt nicht." Nachdem Leutnant Laperche die Rede ins Französische übersetzt hatte, sagte Marschall Foch zum Abschluss mit energischer Stimme „Très bien" und schob die letzte Seite des Abkommens mit den Unterschriften in die Mitte des Tisches.

Anschließend versah ein Offizier das Dokument mit dem Siegel von Marschall Foch und verließ damit den Raum, nachdem er uns mitgeteilt hatte, dass wir die vollständige Ausfertigung des Vertrages in etwa fünf Stunden erhalten würden. Danach erhoben sich beide Delegationen, und Foch sagte zum Abschied:

„Nun, meine Herren, es ist vorbei. Gehen Sie!"

Dann verließen die alliierten Offiziere ohne jeden Gruß den Raum und begaben sich in das Nebenabteil, wo Marschall Foch den unterzeichneten Vertrag noch einmal kurz betrachtete, bevor er ihn in eine braune Ledertasche steckte.

Wir warteten schweigend im großen Abteil des Salonwagens und hingen unseren Gedanken nach, während Staatssekretär Erzberger mehrere Telegramme an die Oberste Heeresleitung sandte. Zum ersten Mal wurde mir wirklich bewusst, was dieser Waffenstillstand für meine Familie und all diejenigen bedeutete, die mir nahestanden. Das Rheinland würde von französischen, englischen und amerikanischen Truppen besetzt werden, und zumindest in der ersten Zeit würde das Verhältnis der alliierten Besatzungssoldaten zur deutschen Bevölkerung von tiefem Misstrauen, ja sogar Hass geprägt sein. Niemand konnte vorhersagen, wie sich die Ernährungslage entwickeln würde, doch leider war zu erwarten, dass es auch in den nächsten Monaten wenig zu essen geben würde und dass mehr Menschen entkräftet an der Grippe und anderen Krankheiten sterben würden, zumal Lebensmittel auch in Frankreich knapp waren. Ich hoffte, dass Elisabeth und meine Eltern noch bei Kräften waren und sich nicht angesteckt hatten, denn ich hatte in den letzten Wochen nichts mehr von ihnen gehört. Auch an Nadjeschda und ihre Familie dachte ich während dieser Stunden und fragte mich, wie es ihr ging und wie ihre Zukunft aussehen würde. Mir gingen die Worte von Admiral Wemyss durch den Kopf, als er Kapitän Vanselow fragte, welche deutschen Soldaten ins Baltikum und in die Ukraine geschickt würden, weil ich wusste, wie abgestumpft und gleichgültig gegenüber Gewalt und menschlichem Leid viele Soldaten nach vier Jahren Krieg waren.

Nach einiger Zeit kamen alliierte Offiziere, die mit General von Winterfeldt die Einzelheiten des deutschen Rückzugs besprachen und Kapitän Vanselow Listen von Schiffen übergaben, die in nächster Zeit auszuliefern waren. Nach mehr als zwei Stunden kehrten wir schließlich zu unserem Zug zurück, um uns auf die Rückreise vorzubereiten.

Es war inzwischen etwa acht Uhr morgens, und ich sah, wie die Sonne langsam den Hochnebel zu durchdringen begann, der sich während der Nacht gebildet hatte, und den Wald in ein Helldunkel aus verschiedenen Farben tauchte. Inmitten der friedlichen Einsamkeit wirkten nur die beiden Züge und die in verschiedene Richtungen aus dem Wald führenden Gleise wie eine Erinnerung an die bedrückende Wirklichkeit menschlicher Abgründe.

Im Lauf des Vormittags kamen mehrere deutsche Offiziere, die eigentlich noch an den Verhandlungen hätten teilnehmen sollen. Von ihnen erfuhren wir, dass der Kaiser in die Niederlande geflohen war. Jetzt klärte sich auch auf, von wem das Telegramm stammte, das Staatssekretär Erzberger zur Unterzeichnung des Abkommens ermächtigt hatte. Offensichtlich hatte die Oberste Heeresleitung es eigenmächtig abgesandt, ohne den Reichskanzler zu konsultieren, weil es angeblich unmöglich gewesen sei, eine Verbindung herzustellen. Ich hatte dabei den Eindruck, dass die Oberste Heeresleitung noch immer viele Fäden in der Hand hielt und vor allem ihre Macht über die Armee zu wahren versuchte, ohne selbst die Verantwortung für den Ausgang des Krieges zu übernehmen, die in den Augen der Öffentlichkeit bei Erzberger und der neuen Regierung liegen sollte.

Gegen halb elf erhielten wir schließlich die vollständige Abschrift des Waffenstillstandsabkommens, und kurz darauf setzte sich unser Zug in Bewegung. Nachdem wir den Wald von Compiègne verlassen hatten, wurden die Vorhänge zugezogen, denn der Abschied von Compiègne bedeutete auch das Ende der Einsamkeit, die uns bis dahin umgeben hatte. Auf den Bahnhöfen, die wir passierten, standen die Menschen dicht gedrängt. Die meisten freuten sich über das Ende des Krieges, aber einige schrien uns auch ihren Hass auf die ´Boches´ entgegen. Nach etwa fünf Stunden quälend langsamer Fahrt kamen wir schließlich wieder in Tergnier an, wo wir zunächst einige Stunden warten mussten.

Noch einmal sah ich die Zerstörungen des Krieges in der ehemaligen Kleinstadt, in der lediglich die breiteren Straßen von Trümmern befreit worden waren, während alle kleineren Straßen und Gassen noch unter den Überresten der Häuser versunken waren. Es waren nur einige wenige französische Soldaten zu sehen, die den Bahnhof bewachten. Ansonsten wirkte der Ort genauso ausgestorben wie bei unserer nächtlichen Ankunft einige Tage zuvor.

Am Abend schließlich konnten wir unsere Autos besteigen und unsere Rückfahrt nach Spa antreten. Sie führte uns auf fast demselben Weg zurück, den wir auf der Hinfahrt genommen hatten. Diesmal freilich waren die Straßen voller französischer Soldaten, die in Richtung Belgien marschierten und hinter den ehemaligen deutschen Linien voller deutscher Soldaten, die sich in Hast und Eile zurückzogen und denen die Erschöpfung durch die langen Märsche ins Gesicht geschrieben stand. Als wir am nächsten Morgen in Spa ankamen, sahen wir, dass die Revolution in Deutschland auch den belgischen Kurort erreicht hatte. An allen Autos wehten rote Fahnen, und vielfach weigerten sich die Soldaten, die Offiziere zu grüßen, nachdem ein Arbeiter- und Soldatenrat gebildet worden war. Graf Oberndorff, der fast während der gesamten Zeit schweigend seinen Gedanken nachgehangen hatte, wirkte tief bedrückt, als er die roten Fahnen sah und von den Vorgängen in Spa erfuhr. Als wir ausstiegen, hörte ich, dass ein Vertreter des Auswärtigen Amtes ihn und Staatssekretär Erzberger zu ihren unerwarteten Erfolgen in Compiègne beglückwünschte, was die Stimmung beider jedoch nur kurz hob, weil sie wussten, dass die Belastungen durch den Waffenstillstand sehr viel schwerwiegender waren als alle Erleichterungen, die sie hatten aushandeln können. Außerdem schien Erzberger zu ahnen, dass er in der Öffentlichkeit und in der Presse für die Niederlage Deutschlands mitverantwortlich gemacht werden würde. Beide dankten mir beim Abschied für meine Arbeit als Dolmetscher und wünschten mir alles Gute. Dann erhielt ich den Befehl, nach Berlin zurückzukehren, wo ich aus der Armee entlassen werden sollte.

Am Abend bestieg ich einen der wenigen Züge, die noch fuhren, und machte mich auf den Weg nach Berlin. Die Reise dauerte insgesamt drei Tage, weil an vielen Orten gekämpft wurde. Außerdem wurden bereits die ersten Eisenbahnwagen und Lokomotiven aus dem Verkehr gezogen, um den Alliierten übergeben zu werden, weil Deutschland sich im Waffenstillstandsabkommen zur Abgabe von 5.000 Lokomotiven und 150.000 Eisenbahnwagen innerhalb von 31 Tagen verpflichtet hatte.

In Berlin traf ich einen älteren Offizier, der die Stadt gut kannte. Er half mir, den Weg zu der Kaserne zu finden, in der wir beide unsere Entlassungspapiere erhielten. Anschließend kehrten wir zum Bahnhof zurück, wo uns mehrere hundert Soldaten begegneten, die sich offenkundig auf ihre Abreise vorbereiteten.

„Wer sind diese Soldaten?", fragte ich ihn.

„Es sind Mitglieder von Freikorps. Es gibt sie jetzt überall. Sie bestehen aus ehemaligen Soldaten, Abenteurern und Kriminellen und kämpfen im Auftrag der deutschen Regierung angeblich gegen den Bolschewismus. Es heißt, dass sie bald auch im Baltikum Deutschland ´gegen die Bolschewisten verteidigen´ sollen. In Wahrheit sind es Söldner, denen es nur um Geld und den Rausch von Macht und Gewalt geht wie ihren Vorgängern im Dreißigjährigen Krieg."

Als ich in die Gesichter dieser Soldaten blickte, erschrak ich zutiefst. Sie strahlten eine Kälte und Rücksichtslosigkeit aus, die ich selbst im Krieg nicht oft gesehen hatte. Es waren die Gesichter von Menschen, die zu allem fähig waren. Wieder dachte ich an Nadjeschda und an die Erwartung ihrer Mutter, dass ihre Familie nicht in der Ukraine würde bleiben können, und fürchtete, dass sie recht hatte.

Noch am späten Nachmittag desselben Tages bestieg ich den Zug, der mich zurück nach Westdeutschland bringen sollte. Auch diese Reise dauerte mehrere Tage, weil jetzt nahezu alle noch verfügbaren Eisenbahnwagen für den Rücktransport der deutschen Soldaten aus den besetzten Gebieten in Frankreich und Belgien gebraucht wurden.

Nach vier Tagen kam ich schließlich zu Hause an, etwa acht Monate, nachdem ich meine Heimat verlassen hatte.

Elisabeth begrüßte mich überschwänglich, und wir waren beide zutiefst glücklich darüber, dass der Krieg nun zu Ende war und ich sie nicht mehr würde verlassen müssen. Wir verbrachten die ersten Tage fast ausschließlich miteinander, und ich erzählte ihr von meinen Erlebnissen in der Ukraine und in Compiègne. Ihrer Mutter ging es wieder besser, obwohl Lebensmittel noch immer sehr knapp waren. Meine Eltern waren ebenfalls abgemagert, hatten aber wie viele ihrer Nachbarn das Glück, einige größere Felder zu besitzen, auf denen sie Kartoffeln und andere Feldfrüchte anbauen konnten.

Nach etwas weniger als einer Woche verließen die deutschen Soldaten das Rheinland. Ihnen folgten zwei Tage später französische und amerikanische Soldaten, die in der Kreisstadt ihre Kommandantur einrichteten. Wir erhielten neue Ausweise, die uns als ´Bewohner der besetzten Gebiete´ kennzeichneten. Nach der Ankunft der Franzosen und Amerikaner besserte sich die Versorgung mit Nahrungsmitteln etwas, obwohl viele Menschen noch immer Hunger litten wie auch die Bevölkerung in Frankreich und Belgien, weil der Transport von Lebensmitteln durch die Zerstörungen des Krieges nach wie vor stark behindert war.

Einige Wochen später begann ich, bei den alliierten Dienststellen in Köln als Dolmetscher und Übersetzer zu arbeiten. Im Februar erhielt ich einen Brief von General von Winterfeldt, in dem er mir einiges über die Verhandlungen im Dezember 1918 und Januar 1919 berichtete, in denen es um die Verlängerung des Waffenstillstands ging, der ursprünglich auf 36 Tage befristet war. Er schrieb, dass die Waffenstillstandskommission im Dezember von einer Eskorte alliierter Soldaten zu einem Hotel in Trier gebracht worden sei, wo die deutsche Delegation während der Verhandlungen interniert gewesen sei, bevor Marschall Foch sich schließlich bereit erklärt habe, den Delegierten das Recht zu geben, sich in der Stadt frei zu bewegen. Bei den Verhandlungen im Dezember und Januar sei es unter anderem darum gegangen, dass die Deutschen ihre Handelsflotte den Alliierten zur Verfügung stellen sollten, damit Deutschland mit Lebensmitteln versorgt werden könne. Außerdem sollte Deutschland große Mengen an landwirtschaftlichen Maschinen liefern, weil nicht die ursprünglich vorgesehene Zahl an Lokomotiven und Eisenbahnwagen übergeben worden war. General von Winterfeldt schrieb mir weiter, dass ihm seine Arbeit als Mitglied der Waffenstillstandskommission zunehmend schwer falle und dass ich froh sein solle, nicht mehr als Dolmetscher bei diesen Verhandlungen arbeiten zu müssen.

Um dieselbe Zeit las ich in der Zeitung von der schwierigen Lage in der Ukraine, den Kämpfen zwischen den Bolschewisten und ihren Gegnern und von einer drohenden Hungersnot in Odessa.

Im Sommer des Jahres 1919 heirateten Elisabeth und ich, und ein Jahr später wurde unser erster Sohn geboren. In den ersten Jahren wohnten wir in einem kleinen Haus in der Nähe von Köln. Die Verhältnisse begannen sich zu dieser Zeit langsam zu bessern. Vor allem nach dem Abschluss des Friedensvertrages gab es endlich wieder genug zu essen, so dass wir nicht mehr darauf angewiesen waren, bei Bauern in der Umgebung Lebensmittel zu kaufen und in unserem kleinen Garten Obst und Gemüse anzubauen.

Im August 1919 bekam ich einen zweiten Brief von General von Winterfeldt, in dem er mir berichtete, dass er sein Amt als Mitglied der Waffenstillstandskommission niedergelegt habe, weil er mit den immer neuen Forderungen der Alliierten nicht einverstanden gewesen sei.

Im Januar 1920 schließlich las ich in der Zeitung, dass auf Staatssekretär Erzberger ein Anschlag verübt worden sei. Er wurde vielfach als Jude bezeichnet, was im Zug des sich immer weiter ausbreitenden Antisemitismus ein Ausdruck tiefer Verachtung war. Dabei war er doch, wie ich aus den Tagen in Compiègne aus eigener Erfahrung wusste, durch und durch Katholik. Dies hinderte allerdings viele nicht daran, alle Verleumdungen begierig aufzunehmen. Der Attentäter war ein ehemaliger Offizier, der die neue Republik hasste, wie so viele Mitglieder der Freikorps, von denen mir 1918 einige in Berlin begegnet waren. Wohin diese Entwicklungen führen würden und was sie für unsere Familie bedeuteten und all diejenigen, die mir nahestanden, wusste ich nicht. Ich fürchtete, dass das Ergebnis eines Tages ein noch schlimmerer Krieg sein würde als der, den wir in den letzten Jahren erlebt hatten, doch blieb in mir die Hoffnung auf ein gutes Ende immer lebendig."

Als Andrea die letzten Seiten gelesen hatte, legte sie das Manuskript zur Seite und überließ sich für einige Zeit ihren Gedanken. Die Aufzeichnungen und die Tagebücher, auf denen sie beruhten, zeigten eine Seite ihres Großvaters und beschrieben Ereignisse in seinem Leben, von denen ihre Mutter ihr nie erzählt hatte. Insbesondere fragte sie sich, was aus Nadjeschda geworden war. Noch am selben Abend begann sie, ihre Briefe zu lesen. Da Andrea nur wenig Russisch konnte und die Handschrift schwer zu entziffern war, brauchte sie mehrere Stunden für die Lektüre des ersten Briefs, der aus dem Jahr 1924 stammte. Der Poststempel und ein Vermerk ihres Großvaters zeigten, dass er mehrere Wochen unterwegs gewesen sein musste und vielleicht seinen Empfänger beinahe nicht erreicht hätte.

Odessa, den 25. März 1924

Lieber Karl,

leider hat es lange Zeit gedauert, bis ich mein Versprechen halten konnte, Dir zu schreiben, und ich hoffe, dass mein kurzer Brief Dich erreicht.
    Die Lage bei uns ist noch immer nicht einfach, aber ich glaube, dass wir nach dem Bürgerkrieg das Schlimmste überstanden haben. Während des Krieges waren Soldaten aus Russ-

land, Frankreich und Griechenland in Odessa, und der Hunger war damals sehr groß. Wir waren alle stark abgemagert, aber immerhin wurden wir nicht Opfer von Pogromen wie viele andere. Jetzt ist Odessa Teil der Sowjetunion, und es ist vieles anders als vor dem Krieg, aber wir kommen zurecht. Mein Vater ist noch immer Lehrer an seiner alten Schule, und mein Bruder ist inzwischen nach Hause zurückgekehrt, nachdem er aus der Roten Armee entlassen wurde.

Ich selbst studiere seit zwei Jahren am Konservatorium und will nächstes Jahr die Abschlussprüfung machen. Wir unternehmen alle Anstrengungen, um nach Amerika auszuwandern, aber leider sind die Schwierigkeiten nach wie vor fast unüberwindlich. Wir werden aber nicht aufgeben und glauben fest daran, dass wir eines Tages in Amerika leben werden, auch wenn meine Mutter sagt, dass die Zeit für uns knapp wird, weil sie fürchtet, dass der Antisemitismus irgendwann wieder zunehmen und schlimmer werden wird als je zuvor.

Ich hoffe, dass Du gesund zu deiner Familie zurückgekehrt bist und dass auch sie den Krieg überlebt hat. Ich hoffe auch, dass ich Dir in nicht allzu ferner Zukunft ausführlicher werde schreiben können und dass wir uns eines Tages wiedersehen werden.

Herzliche Grüße
Nadjeschda

Andrea vermutete, dass es vielleicht die Angst vor der Zensur gewesen war, die Nadjeschda bewogen hatte, sich auf das Wesentliche zu beschränken. Sie sah, dass sich in der Mappe noch zwei weitere Briefe befanden, konnte aber ihr Datum nicht entziffern, und so blieb ihre brennendste Frage, ob Nadjeschda und ihre Familie den Zweiten Weltkrieg überlebt hatten, zunächst unbeantwortet. Erst am nächsten Tag war sie in der Lage, sich mit dem zweiten Brief zu beschäftigen, der wie der erste ebenfalls auf Russisch geschrieben war:

Lieber Karl,

nach mehr als zwei Jahrzehnten frage ich mich, was aus Dir geworden ist. Leider konnte ich Dir in den letzten 22 Jahren nicht mehr schreiben, weil es unter den Bedingungen, die damals herrschten, unmöglich und gefährlich war.

In der Hoffnung, dass Dich mein Brief erreicht, möchte ich Dir kurz berichten, was mit unserer Familie in dieser langen Zeit geschehen ist.

Nachdem ich mein Studium abgeschlossen hatte, habe ich zunächst am Konservatorium unterrichtet und Konzerte gegeben, während wir weiter versucht haben, Visa für die USA zu bekommen. Erst im Jahr 1931 konnten wir schließlich auswandern. Die Erlaubnis kam für uns beinahe in letzter Minute, da nur wenig später die Hungerkatastrophe in der Ukraine begann, die so viele Menschen nicht überlebt haben, von den noch schrecklicheren Ereignissen während des Zweiten Weltkrieges ganz zu schweigen.

Die erste Zeit in Amerika war für uns nicht einfach. Wir haben in einer winzigen Wohnung in der Nähe von New York gelebt, und ich habe zunächst als Sekretärin gearbeitet, um den Lebensunterhalt für unsere Familie zu bestreiten. Mittlerweile ist diese schwierige Zeit vorbei. Ich bin Professorin an einer Musikhochschule in Neuengland, und meine Eltern leben nicht weit von mir in der Nähe von Boston. Ich hoffe, dass ich irgendwann in den nächsten Jahren nach Europa reisen und Dich wiedersehen kann.

Herzliche Grüße
Nadjeschda

Als sich Andrea den letzten Brief näher ansah, bemerkte sie, dass er auf Englisch geschrieben war. Aus diesem Brief, der aus den späten fünfziger Jahren stammte, ging hervor, dass Nadjeschda Andreas Großvater offenbar während einer Reise nach Europa wiedergesehen hatte. In dem Brief erzählte sie ihm, dass sie inzwischen verheiratet sei und zwei Töchter habe.

Als Andrea einige Tage später ihrem Mann von den Briefen erzählte, beschlossen beide nachzuforschen, was aus Nadjeschda und ihrer Familie geworden war. Nach kurzer Zeit fanden sie heraus, dass Nadjeschda offenbar nach dem Zweiten Weltkrieg als Pianistin sehr erfolgreich gewesen war und erst 1995 verstorben war. Sie hatte zwei Töchter, Caroline und Rebecca. Caroline war ebenfalls Pianistin, während Rebecca Geologin geworden war.

„Rebecca hat an einer Universität gearbeitet und mehrere Bücher geschrieben. In einem dieser Bücher geht es um eine Staudammkatastrophe in Norditalien, die sie in den sechziger Jahren offenbar selbst miterlebt hat… die Flutwelle von Vajont. Hast du davon schon mal gehört?", fragte Andrea ihren Mann.

„Ja, ich glaube, ich habe einmal etwas darüber gelesen."

„Offenbar war diese Welle eine der höchsten Flutwellen, die es in historischer Zeit je gab. Es wäre interessant, mehr über Rebecca und diese Geschichte herauszufinden."

„Ja, das stimmt. Aber für heute reicht es mir. Ich glaube, es ist Zeit für etwas frische Luft."

Es war ein milder, sonniger, fast frühlingshafter Wintertag, und beide brachen nach der Schreibtischarbeit zu einem kurzen Spaziergang auf.

„Diese Tagebücher erzählen eine Geschichte, von der ich nichts geahnt habe."

„Unsere Familien erzählen uns nie alles", antwortete Christian. „Die Seele der Menschen ist manchmal voller Geheimnisse, und oft sind die Ereignisse und die Menschen stärker miteinander verwoben, als wir es wissen und verstehen."

„Das stimmt. Wir würden nie ahnen, wie alles mit allem zusammenhängt, wenn wir nicht manchmal durch Zufall davon erführen", sagte Andrea, als sie im Schein der warmen Nachmittagssonne das Haus verließen.

Nachwort

Bei den Offizieren, Politikern und Diplomaten der Waffenstillstandsdelegationen handelt es sich um historische Persönlichkeiten. Alle anderen Figuren einschließlich der Hauptfigur sind fiktiv.
Die Erzählung beruht im Wesentlichen auf folgenden Quellen und Darstellungen:

Dubnov, Simon: Geschichte eines jüdischen Soldaten, Göttingen 2012
Erzberger, Matthias: Erlebnisse im Weltkrieg, Stuttgart/Berlin 1920
Freiherr von Hammerstein, Freiherr von Stein, Marhefka, Edmund: Der Waffenstillstand 1918-1919: Das Dokumentenmaterial der Waffenstillstandsverhandlungen von Compiègne, Spa, Trier und Brüssel, herausgegeben im Auftrag der Deutschen Waffenstillstandskommission, Berlin 1928
Renouvin, Pierre: L'armistice de Rethondes, Paris 1968
Weygand, Maurice: Le 11 novembre, Paris 1932

VAJONT

Es regnete in Strömen an diesem kühlen Herbsttag in Neuengland. Endlose Reihen dicker Tropfen zerplatzten auf dem Asphalt und bildeten Rinnsale, Bäche und Pfützen, die sich zu kleinen Seen vereinigten. Rebecca blickte nur kurz aus dem Fenster und wandte sich dann wieder dem Gespräch der Studenten zu. Auch lange nach dem Ende ihrer Laufbahn als Geologieprofessorin nahm sie noch regen Anteil am Universitätsleben und traf sich am Abend häufig zu Gesprächen mit Dozenten und Studenten. Wie öfter in letzter Zeit war auch heute wieder eine heftige Diskussion über das Für und Wider des technischen Fortschritts entbrannt.

„Die Entwicklung der Technik hat von Anfang an das Überleben der Menschheit gesichert. Ohne Werkzeuge, aber auch ohne die Züchtung von Pflanzen hätten die Menschen nur ein kümmerliches Dasein gefristet und niemals die ganze Erde besiedelt", sagte Stephen, ein angehender Maschinenbauingenieur.

„Das ist nicht ganz richtig", entgegnete Christian, ein deutscher Austauschstudent, der seit einem Jahr in den USA Geologie studierte. „Ohne die rasche technische Entwicklung seit dem 18. Jahrhundert würden die Menschen heute ein einfacheres, aber vielfach besseres und glücklicheres Leben führen ohne die allgegenwärtige Zerstörung der Umwelt, den übersteigerten Konsum in den Industriestaaten und die Armut in der Dritten Welt. Wie lange können die herrschenden wirtschaftlichen und politischen Eliten und mit ihnen die meisten Menschen noch so weitermachen, bevor wir die Erde zerstören und dafür bestraft werden wie die Israeliten im Alten Testament mit der Sintflut?"

„Niemand kann die negativen Auswirkungen und die Gefahren technischer Entwicklungen leugnen", sagte Rebecca. „Aber im Allgemeinen überwiegt doch das Positive. Der technische und medizinische Fortschritt macht unser Leben besser und sicherer. Ohne die moderne Medizin und Technik wäre unser Leben viel kürzer, härter und gefährlicher, als wir es uns heute vorstellen können. Wir sollten auch die große kulturelle Bedeutung von Wissenschaft und Technik nicht außer Acht lassen. Die Menschen im alten Ägypten und im Mittelalter haben Pyramiden und Kathedralen gebaut, und heute schicken wir Astronauten auf den Mond und Raumsonden zu fernen Planeten. Ohne diese Entwicklungen wären die Welt und die Menschheit ärmer."

„Viele monströse Bauwerke und Forschungsprogramme sind doch in Wahrheit sinnlos, und es wäre besser gewesen, das Geld für die Lösung sozialer Probleme auszugeben. Ein Beispiel für solche Gigantomanie sind die riesigen Staudammprojekte früherer Zeiten wie etwa der heute vergessene Damm von Vajont, wo eine Flutkatastrophe apokalyptischen Ausmaßes Tausenden von Menschen das Leben gekostet hat", antwortete Christian und sah Rebecca durchdringend an. In diesem Moment zuckte sie unmerklich zusammen und spürte, dass sie nicht mehr in der Lage war, darauf zu antworten.

Nach einem Augenblick des Schweigens sagte eine Studentin:

„Wir sollten nicht vergessen, dass die größten menschengemachten Katastrophen auf das Konto von Ideologien gehen, die vorgeben, das Leben der Menschen zu verbessern und die Welt von Grund auf zu verändern. Allein im 20. Jahrhundert sind in wenigen Jahrzehnten dem Faschismus und Kommunismus viele Millionen Menschen zum Opfer gefallen. Im Vergleich dazu sind selbst Katastrophen wie die von Vajont und Tschernobyl nur eine Randnotiz."

Da es mittlerweile spät geworden war, sagte schließlich einer der Professoren:

„Wir werden heute Abend die großen Probleme der Menschheit nicht lösen. Es ist Zeit, nach Hause zu gehen."

So trennten sich die Teilnehmer der kleinen Runde. Als Rebecca ihren Mantel anzog, verabschiedete sich einer ihrer ehemaligen Kollegen von ihr, doch sie nahm kaum Notiz davon, denn Christians Bemerkung hatte sie tief getroffen und Erinnerungen an ein Ereignis geweckt, das eine bleibende Wunde in ihrer Seele hinterlassen hatte.

Als sie zu Hause ankam, bemerkte ihre Tochter ihre Bedrückung und fragte sie nach dem Grund.

„Ach, Susan, eigentlich ist es gar nichts… Es hat nur jemand die Katastrophe von Vajont erwähnt", sagte Rebecca.

„Du warst damals dabei und hast das Thema später auch in deiner Doktorarbeit behandelt."

„Ja.. rein wissenschaftlich natürlich. Aber ich war froh, als ich diese Kapitel abgeschlossen hatte, und habe seither versucht, nicht mehr daran zu denken."

„Du hast nie darüber gesprochen…", sagte Susan.

„Das stimmt. Ich konnte es einfach nicht und wollte die ganze Geschichte möglichst schnell vergessen."

Susan versuchte sich zu erinnern. Es stimmte. Ihre Mutter hatte nie über Vajont oder ihre Dissertation gesprochen.

„Ich weiß nicht viel darüber, außer dass ein gewaltiger Erdrutsch eine über 250 Meter hohe Flutwelle verursacht hat, durch die eine Kleinstadt und ein ganzes Tal ausgelöscht wurden."

„Richtig. Aber für mich sind so viele Erinnerungen damit

verbunden, von denen ich dir nie erzählt habe… Mein erster Freund ist damals bei dieser Katastrophe umgekommen. Er war bei den Ingenieuren, die auf der Dammkrone gestanden haben, um den Erdrutsch zu beobachten. Ich hatte später Schuldgefühle, weil ich ihn dort zurückgelassen habe."

Susan holte tief Luft.

„Du hast nie von ihm erzählt… Hat er auch Geologie studiert?"

„Ja, wir haben uns damals hier in Amerika kennengelernt und sind dann nach Italien gegangen, um an der geologischen Erforschung des Tals mitzuarbeiten, die damals sehr vielversprechend schien. Wir hofften, dass uns das bei unserer wissenschaftlichen Karriere helfen würde. Außerdem hat auch das Verhältnis zu meinen Eltern eine Rolle gespielt. Sie haben mein Leben immer streng kontrolliert. Ich wollte endlich ein wenig Freiheit und Unabhängigkeit und glaubte, dass ich sie in Europa finden würde."

„Aber es kam vieles anders. Es konnte sich damals niemand vorstellen, dass es eine solche Katastrophe geben würde."

„Nein… Die meisten Ingenieure waren nach ihren Berechnungen davon überzeugt, dass die Flutwelle höchstens 20 Meter hoch sein könne und dass sie vom Staudamm aufgefangen würde. Aber in Wahrheit war sie dann…" Rebecca stockte, und Susan spürte, wie beängstigend die Erinnerung auch nach vielen Jahren für ihre Mutter noch war. „In Wahrheit war sie dann 270 Meter hoch. Es hatte Warnungen von einigen Geologen gegeben, aber niemand hat ihnen geglaubt. Ich habe die Gefahr am Anfang auch ignoriert und gedacht, dass die Ingenieure und die leitenden Geologen recht hatten. Aber dann sind mir doch Zweifel gekommen."

„Wo warst du, als es passierte?"

„Auf einem Berg hoch über der Staumauer. Die Ingenieure haben mich und Jim, meinen damaligen Freund, eingeladen, mit ihnen den Erdrutsch zu beobachten. Das war eigentlich eine große Auszeichnung... Und dann habe ich mich doch in letzter Minute anders entschieden. Es fiel mir so schwer, Jim zurückzulassen, aber er wollte unbedingt bleiben und hat gesagt, dass nichts passieren würde und dass ich nicht so ängstlich sein solle. Trotzdem ließ mich irgendetwas in meinem Inneren spüren, dass es ein tödlicher Fehler wäre zu bleiben, und ich habe vielleicht das erste Mal in meinem Leben wirklich rebelliert und etwas getan, was die anderen nicht verstehen konnten. Ich bin dann diesen Berg hinaufgeklettert und wollte mir den Erdrutsch von oben ansehen. Aber was dann geschah, übertraf alles, was sich ein Mensch vorstellen kann."

„Ich habe einmal gelesen, dass bei diesem Erdrutsch 270 Millionen Kubikmeter Gestein in den See gestürzt sind und dass dabei die Energie von drei Hiroshima-Bomben freigesetzt wurde."

„Ja, das stimmt. Das Städtchen Longarone und mehrere Dörfer wurden unter dem Schlamm der Flutwelle begraben. Es war ein schrecklicher Anblick."

Susan schwieg, und schließlich sagte Rebecca:

„Ich glaube, es ist Zeit, ins Bett zu gehen."

„Da hast du recht. Ich fahre dann auch nach Hause", antwortete Susan. Beim Abschied sagte Rebecca noch:

„Es hat mir trotzdem gut getan, darüber zu sprechen. Außer deinem Vater habe ich die Geschichte bis jetzt noch niemandem erzählt."

Rebecca konnte in dieser wie in den folgenden Nächten lange nicht einschlafen. Immer wieder hielten sie die Erinnerungen und die Bilder der Katastrophe wach, die auch nach fünf Jahrzehnten noch in ihrer Erinnerung gegenwärtig waren. Als ihre Tochter sie nach einigen Tagen wieder besuchte, erzählte sie ihr von ihren unruhigen Nächten und sagte:

„Selbst heute noch habe ich ab und zu quälende Albträume, in denen die damaligen Ereignisse wieder lebendig werden. Vielleicht klingt es wie eine verrückte Idee, aber möglicherweise würde es mir helfen, diesen Ort noch einmal zu sehen, damit die Schatten der Vergangenheit endlich verschwinden."

„Nein, das ist keine verrückte Idee", entgegnete Susan.

„Würdest du mit mir nach Italien fahren?", fragte Rebecca.

„Ja… Im Sommer hätte ich bestimmt Zeit dafür. Der Rest der Familie würde zu Hause bleiben, und James würde sich um die Kinder kümmern."

„Ich werde darüber nachdenken", sagte Rebecca. „Vielleicht wäre es wirklich gut für mich."

„Hast du noch Bilder aus dieser Zeit?", fragte Susan.

„Ja, ein paar", antwortete Rebecca und holte ein Fotoalbum, das sie weit hinten in einem Schrank verwahrt hatte.

Eines der Fotos zeigte Rebecca im Alter von 25 Jahren neben einem jungen Mann. Sie war eher klein und hatte dunkelbraune, lockige Haare und ausdrucksvolle braune Augen.

„Dieses Foto wurde im Jahr 1962 aufgenommen, etwas mehr als ein Jahr vor der Katastrophe in Vajont."

„Der junge Mann neben dir ist sicher Jim", sagte Susan.

„Ja. Mein Vater hat uns damals fotografiert, kurz bevor wir nach Italien geflogen sind."

Der Mann auf dem Foto war etwas größer als Rebecca und hatte dunkelblonde Haare, blaue Augen und einen Schnurrbart.

„Du warst also mehr als ein Jahr in Italien", sagte Susan.

„Ja, von September 1962 bis Oktober 1963. Jim und ich hatten Zimmer in Longarone, getrennt natürlich. Ein unverheiratetes Paar in einer Wohnung wäre damals völlig undenkbar gewesen."

„Wie lange habt ihr euch gekannt?"

„Wir haben uns im Jahr 1957 kennengelernt… Unsere Beziehung hatte viele Höhen und Tiefen…"

„Es muss ein schwerer Verlust für dich gewesen sein."
„Ja, obwohl wir uns eigentlich getrennt hatten."
„Nach der Katastrophe bist du dann nach Amerika zurückgekehrt."
„Richtig. Ich habe zuerst meine Dissertation abgeschlossen. Glücklicherweise hatte ich einige Wochen vor den Ereignissen in Vajont einen großen Teil des Materials, das ich bis dahin für meine Doktorarbeit gesammelt hatte, nach Amerika geschickt. Sonst wäre alles verloren gewesen. Ein Jahr nach der Katastrophe habe ich dann deinen Vater kennengelernt, und wir haben kurz darauf geheiratet. Die Erlebnisse in Vajont waren in vieler Hinsicht ein tiefer Einschnitt und ein Bruch in meinem Leben."
„Ich war noch nie in Italien", sagte Susan.
„Vielleicht ist es dann Zeit für dich, dieses Land kennenzulernen."

Nach diesem Gespräch mit ihrer Tochter fühlte sich Rebecca erleichtert und spürte, dass ihre Entscheidung, an den Ort ihrer Erinnerung zurückzukehren, richtig war.

Im Frühjahr des nächsten Jahres begann Rebecca mit den Reisevorbereitungen. Sie buchte einen Flug über Rom nach Venedig und reservierte für sich und ihre Tochter Zimmer in Longarone. Am Abend des Abflugs fühlte Rebecca die steigende Anspannung vor ihrer ersten Reise nach Europa seit vielen Jahren, die für sie auch eine Reise in ihre Vergangenheit war. Als sie auf dem Flug von Boston nach Rom die Alpen überquerten, weckten die im Morgenlicht rötlich schimmernden Gipfel und die noch in tiefem Dunkel liegenden Täler deutlicher als zuvor ihre Erinnerungen an die Ereignisse in den Dolomiten vor 50 Jahren. Gleichzeitig spürte Rebecca jedoch, dass diese Erinnerungen sie weniger ängstigten als noch vor einigen Monaten und dass es ihr half, dass Susan sie begleitete. Wenig später landeten sie bei sonnigem, warmem Sommerwetter in Venedig und unternahmen einen kurzen Ausflug in die Stadt, die noch genauso wirkte, wie Rebecca sie in Erinnerung hatte. Auf dem Weg in die Innenstadt zeigte Rebecca auf ein Haus am Rand eines Kanals und sagte:

„Hier war das Verwaltungsgebäude der SADE, der Società Adriatica di Elettricità. Das war die Elektrizitätsgesellschaft, die für den Stausee in Vajont verantwortlich war. Sie hat den Bau des Staudamms immer weiter vorangetrieben, obwohl viele geologische Fragen ungeklärt waren, und wollte alle Verzögerungen verhindern, damit das Kraftwerk so schnell wie möglich Strom erzeugen konnte."

„Ja, ich habe einiges darüber gelesen", antwortete Susan. „Sicherheit wurde damals nicht als so wichtig erachtet wie heute."

„Das stimmt", sagte Rebecca. „Es ging nur darum, Norditalien möglichst schnell mit billigem Strom zu versorgen. Gefahren wurden einfach ignoriert."

Nach einigen Stunden kehrten Rebecca und Susan zum Flughafen zurück und begannen in einem Mietwagen ihre Fahrt nach Longarone. In der Ferne sahen sie im Nachmittagsdunst die Gipfel der Alpen, als sie, dem Lauf des Piave folgend, sich dem Tal des Vajont näherten.

„Die Flutwelle war hier, etwa 50 Kilometer von Longarone entfernt, immer noch fast 10 Meter hoch", sagte Rebecca.

„Das ist kaum zu glauben, wenn man dieses Tal heute sieht", antwortete Susan.

Etwas mehr als eine halbe Stunde später erreichten sie Longarone. Auf den ersten Blick erinnerte nichts mehr an die Verwüstungen, die jene Nacht vor fünf Jahrzehnten hinterlassen hatte. Mit seinen ziegelgedeckten Häusern und den modernen Gebäuden im Zentrum wirkte der Ort wie viele kleine Städte

Norditaliens. Dennoch weckte der Anblick in Rebecca sofort Erinnerungen an den Tag im Oktober 1963, an dem sie von einem Hubschrauber aus einen letzten Blick auf die schlammbedeckte Hölle warf, in die das Wasser Longarone verwandelt hatte. Der Schlamm wirkte an vielen Stellen wie sorgfältig von Menschenhand geglättet. Nur der Kirchturm ragte aus der grauen Masse heraus, als wäre er wie durch ein Wunder als letztes Mahnmal von der Flutwelle verschont worden. Kurz bevor sie an ihrem Hotel ankamen, sah Rebecca die Staumauer, die von den letzten Strahlen der untergehenden Sonne beleuchtet wurde. Sie lag in einem tief eingeschnittenen Tal etwa zwei Kilometer vom Ortsrand von Longarone entfernt. Freilich war nur der obere Teil des Damms sichtbar. Der Rest der über 260 Meter hohen Staumauer lag hinter den weit aufragenden Felswänden im Dunkel des Tals verborgen. Rebecca erschrak kurz bei dem Anblick, doch die Bedrängung ließ schnell nach, und sie spürte, dass sie stark genug sein würde, um die Begegnung mit der Vergangenheit zu bestehen.

Am nächsten Tag unternahmen Rebecca und Susan einen ersten längeren Spaziergang zu dem ehemaligen Stausee. Sie liefen bergauf durch das sich verengende Tal des Vajont, bis sie die Staumauer erreichten, deren Krone sie vom Talboden aus kaum sehen konnten und die das Sonnenlicht aus dem Tal fernhielt, so dass es auch am frühen Nachmittag am Grund des Tals sehr kühl und beinahe dunkel war. Nicht weit von der Staumauer entfernt war selbst nach 50 Jahren noch eine teilweise aufgefüllte Vertiefung zu erkennen. Dort hatte das Wasser der Flutwelle nach dem Sturz ins Tal einen 40 Meter tiefen Krater gerissen, bevor es eine riesige Welle bildete, die sich mit rasender Geschwindigkeit auf Longarone zubewegte.

Rebecca und Susan mussten zunächst umkehren, um einen Weg zu finden, der sie zur Krone des Damms führte, hinter dem sich der Schutt des Erdrutschs zu einem Berg aufgetürmt hatte, der höher war als die Staumauer selbst. Nachdem sie den Damm hinter sich gelassen hatten, lag die Landschaft im warmen Schein der Nachmittagssonne, der ihr in Rebeccas Erleben viel vom Schrecken der Erinnerung nahm. Es dauerte noch etwa eine halbe Stunde, bis sie den Gipfel des Schuttberges erreichten, der von jungen Bäumen bedeckt war, an denen sich das erste Grün des Frühlings zeigte. Auf der einen Seite lag die Staumauer, deren Innenseite zu einem großen Teil vom Schutt verdeckt war. Auf der anderen Seite eröffnete sich ein weiter Blick ins Tal des Vajont, in dem sich nach dem Erdrutsch ein kleiner See geblidet hatte, dessen Wasser im Sonnenlicht glänzte.

Auf der linken Seite des Tals lagen hoch über der Staumauer einige Dörfer.

„Das ist Casso. Dort, etwas oberhalb des Dorfes, habe ich gestanden, als es passierte. Die Flutwelle reichte bis zum unteren Rand des Ortes", sagte Rebecca. „Wenn man genau hinsieht, erkennt man noch die Spuren, die das Wasser hinterlassen hat."

„Du hast damals großes Glück gehabt", antwortete Susan.

„Das stimmt. Wenn ich nicht eigentlich wider alle Vernunft auf meine Intuition gehört hätte und so weit hinaufgeklettert wäre, hätte ich nicht überlebt."

Schließlich deutete Rebecca auf den Berg auf der anderen Seite und sagte:

„Das ist der Monte Toc, dessen Flanke damals in den See gestürzt ist, wie man heute noch deutlich sieht." Beide blickten einige Zeit auf den steilen Berghang, in dem auch nach fünf Jahrzehnten noch eine riesige Wunde klaffte.

„Der Erdrutsch hat fast das gesamte Wasser des Sees innerhalb von Sekunden verdrängt", sagte Susan.

„Richtig", antwortete Rebecca. „Das abrutschende Gestein hat eine Geschwindigkeit von über 100 Kilometern pro Stunde erreicht."

„Die Erinnerung ist für dich sicher nur schwer zu ertragen", sagte Susan.

„Es ist leichter, als ich am Anfang glaubte. Ich spüre immer mehr, dass es für mich das Richtige war, noch einmal hierher zu kommen. Die Narben der Vergangenheit werden dadurch vielleicht nicht völlig geheilt, aber sie werden kleiner."

„Das ist das Wichtigste", antwortete Susan, bevor sie sich auf den Rückweg machten.

Am nächsten Tag kehrten Rebecca und Susan zum Stausee zurück.

„Ich möchte noch einmal den Ort sehen, an dem ich damals war, als der Erdrutsch begann", sagte Rebecca, und beide liefen auf einem Waldweg mehr als eine Stunde, bis sie einen Punkt oberhalb des Dorfes Casso erreichten. Schließlich drehte sich Rebecca um und sagte:

„Hier muss es gewesen sein. Ich habe die Staumauer rechts unter mir gesehen. Es war mitten in der Nacht…"

Sie sahen das gesamte sonnenbeschienene Tal vor sich, in dem die offene Flanke des Monte Toc und der Schuttberg im Tal noch immer an die unvorstellbare Katastrophe erinnerten, die sich 50 Jahre zuvor ereignet hatte.

„Erzählst du mir die ganze Geschichte?", fragte Susan.

„Ja, natürlich", antwortete Rebecca und schloss kurz die Augen, bevor sie fortfuhr:

„Als ich zum letzten Mal an dieser Stelle stand, war ich 26 Jahre alt und habe an meiner Dissertation gearbeitet. Jim und ich hatten uns sechs Jahre zuvor in Boston kennengelernt, wo wir beide Geologie studierten. Ich war nach dem Ende der Schulzeit froh gewesen, als ich endlich von zu Hause ausziehen konnte. Meine Eltern hatten damals ständig Streit und waren kurz davor, sich scheiden zu lassen, und auch Caroline hatte schon mit ihrem Musikstudium angefangen. Zu Hause hatte ich unter ständiger Kontrolle gestanden. Vor allem meine Mutter erwartete Gehorsam und Disziplin, wie sie es aus ihrer eigenen Jugendzeit gewohnt war. Da ich nicht so sehr an Musik interessiert war wie Caroline, hatten meine Eltern den Wunsch, dass ich Medizin studieren sollte, und waren ziemlich enttäuscht, als ich mich für Geologie entschieden habe, ein Fach, für das ich mich schon an der Schule begeistert hatte. In einem Seminar bin ich dann Jim begegnet, und wir fanden uns auf Anhieb sympathisch. Er war in vieler Hinsicht anders als ich, weniger zurückhaltend, offener und direkter, und er hatte auch mehr Freunde. Trotz oder vielleicht sogar wegen dieser Unterschiede haben wir uns am Anfang gut verstanden. Die Beziehung mit ihm hatte für mich etwas Faszinierendes. Sie bedeutete den Traum von Freiheit, die ich zu Hause vermisst hatte. Freilich gab es nach einiger Zeit auch die ersten Probleme, weil er immer wieder Freundschaften mit anderen Frauen hatte. Nach etwa vier Jahren hat er mir dann gesagt, dass er unsere Beziehung beenden wolle. Ich fühlte mich tief verletzt und habe ihn zunächst ein halbes Jahr nicht mehr gesehen. Aber dann habe ich es nicht mehr ausgehalten. Eines Tages habe ich ihn in seiner Wohnung besucht, und wir haben unsere Beziehung wiederaufgenommen. Zur gleichen Zeit begannen wir beide, unsere Dissertation zu schreiben. Wir beschäftigten uns mit der Geologie von Hochgebirgstälern und mit Staudammprojekten. Natürlich hatten wir von dem Plan gehört, dass in den Dolomiten der höchste Damm der Welt gebaut werden sollte, und wir wussten auch, dass viele bedeutende Geologen an der Erforschung des Tals arbeiteten. Jim hat mich davon überzeugt, nach Italien zu gehen, um dort Material zu sammeln, und auch unsere Professoren glaubten, dass das eine gute Idee sei. Im September 1962 sind wir dann in Longarone angekommen und haben kurz danach angefangen, Gesteinsproben zu analysieren. Wir hatten dazu schon von Amerika aus Kontakt mit einer Gruppe von italienischen und deutschen Geologen aufgenommen, mit denen wir eng zusammengearbeitet haben. Unter ihnen waren auch der damals sehr bekannte österreichische Geologe und Ingenieur Leopold Müller und Edoardo Semenza, der Sohn von Carlo Semenza, der bis zu seinem Tod etwa ein Jahr zuvor für den Bau des Dammes verantwortlich war.

Jim und ich haben bei Familien in Longarone gewohnt. Ich hatte ein Zimmer in einem recht großen Haus in der Ortsmitte, von dem aus man den Damm sehen konnte. Meine Vermieterin war fast 75 Jahre alt, aber sehr freundlich, und wir haben uns von Anfang an sehr gut verstanden, auch deshalb, weil sie früher Geographielehrerin gewesen war und viele meiner Interessen teilte. Als wir nach einigen Tagen zum ersten Mal ausführlicher über meine Arbeit sprachen, sagte sie:

„Ich will ja nicht aufdringlich sein…, aber darf ich Sie fragen, was Sie von dem Projekt halten?"

„Ich weiß nicht… Es scheint sehr vielversprechend. Der Bau eines solchen Stausees ist eine große Herausforderung."

„Das stimmt. Mich fasziniert die Technik auch. Außerdem wird uns viel versprochen: Geld, Arbeitsplätze, billiger Strom. Und das Projekt soll zeigen, dass der Bau so hoher Staumauern mittlerweile Routine ist. Aber ich habe auch meine Zweifel. Die Leute im Tal des Vajont und in den Bergdörfern wehren sich gegen den Stausee, weil viele von ihnen ihre Häuser verlassen müssen. Außerdem befürchten sie, dass es Erdrutsche und Flutwellen geben könnte, weil der Monte Toc schon immer sehr anfällig für Erdbewegungen war. Es ist oft die Rede von kleineren Erdbeben und lauten Geräuschen von der Bergflanke. Und vor einiger Zeit haben Bauern am Hang einen langen Riss entdeckt. Die Ingenieure glauben, alles im Griff zu haben, und meinen, einen möglichen Erdrutsch kontrollieren zu können, indem sie das Wasser mal höher aufstauen und dann den Wasserstand wieder absenken. Aber ob das wirklich funktioniert? Ich weiß nicht so recht… Ganz so leicht lässt sich die Natur vielleicht doch nicht überlisten."

„Ich habe von all dem gehört", sagte ich. „Bald werde ich mehr wissen. Wir werden uns sicher noch oft darüber unterhalten."

„Wenigstens habe ich jetzt jemanden im Haus, der sich auskennt und mit dem ich abends bei einem Glas Wein alles Wichtige besprechen kann", antwortete sie mit einem Lächeln.

Einige Tage später unternahmen Jim und ich abends einen längeren Spaziergang. Wir liefen etwas bergauf und dann am Ufer des Sees entlang. Von dort aus konnte man den Riss am Hang des Monte Toc gut erkennen. Er war etwa zwei Kilometer lang und zog sich wie eine große Welle über die gesamte Bergflanke.

„Was hältst du davon?", fragte ich Jim.

„Ich glaube, dass die Idee der Ingenieure nicht schlecht ist. Wenn man den Wasserstand anpasst, lässt sich der Erdrutsch kontrollieren, und es besteht nicht die Gefahr einer großen Flutwelle."

„Ja, wahrscheinlich hast du recht", antwortete ich.

Tief in meinem Inneren jedoch begannen sich erste Zweifel zu regen, als ich die lange Bruchlinie sah.

„Lass uns nach Hause gehen. Ich muss noch etwas arbeiten", sagte Jim, und wir kehrten nach Longarone zurück, wo Jim nicht weit von mir entfernt wohnte. Wir umarmten uns zum Abschied kurz, bevor ich nach Hause ging. In diesen Monaten hatte ich wieder häufiger das Gefühl, dass unsere Beziehung zerbrechen würde. Jim war oft kühl und unnahbar, und ich hatte den Eindruck, ihn eigentlich kaum zu kennen, obwohl wir viel Zeit miteinander verbracht hatten. Trotzdem hing ich stark an ihm und wusste, dass ein Ende unserer Beziehung eine tiefe Wunde in meiner Seele hinterlassen würde.

In den nächsten Wochen und Monaten entnahmen wir immer wieder Bodenproben aus dem Hang des Monte Toc, die wir auf Gesteinszusammensetzung und Feuchtigkeit untersuchten. Die Ergebnisse schienen darauf hinzudeuten, dass das Vorgehen der Ingenieure Erfolg hatte. Nur an einer Stelle hatten wir in größerer Tiefe einen sehr hohen Wasserdruck gemessen, den wir uns nicht erklären konnten. Die leitenden Geologen hielten diese Messwerte aber für falsch und glaubten, das Messgerät habe versagt. Nur Carlo, ein italienischer Geologiestudent, der in meiner Gruppe mitarbeitete, wurde zunehmend misstrauisch. Eines Tages, als wir am Seeufer standen, zeigte er auf den Hang des Monte Toc und sagte:

„Jetzt fallen wieder Felsbrocken in den See wie an fast jedem Tag in letzter Zeit. Manchmal knicken auch Bäume um und rutschen ins Wasser. Ehrlich gesagt, ich habe meine Zweifel, ob das Messergebnis des Piezometers, das einen hohen Wasserdruck angezeigt hat, wirklich falsch ist."

„Ich weiß nicht...", antwortete ich. „Es könnte sicher viele Erklärungen dafür geben. Ich habe mich auch schon gefragt, ob es vielleicht in der Tiefe eine Tonschicht geben könnte, auf der sich der Hang bewegt und die wir nur noch nicht gefunden haben."

„Diese Frage habe ich mir auch schon gestellt. Du weißt sicher, dass vor einiger Zeit Hinweise auf einen lange zurückliegenden Erdrutsch gefunden wurden. Nach Meinung unserer Ingenieure und laut einem Gutachten besteht aber keine Gefahr, dass sich ein solches Ereignis wiederholt. Aber je länger ich hier arbeite, desto mehr zweifle ich daran. Der Riss da oben wird langsam immer größer, auch wenn der Erdrutsch zurzeit nicht so schnell abläuft."

Am selben Abend fragte mich meine Vermieterin, ob ich mit ihr noch ein Glas Wein trinken wolle. Es war ein warmer Abend im Mai des Jahres 1963. Die Sonne ging langsam unter und tauchte das Piavetal und den Staudamm in ein intensives gelblich-rötliches Licht.

„Wie entwickelt sich Ihre Arbeit?", fragte sie.

„Nicht schlecht. Ich sammle immer mehr Material für meine Doktorarbeit."

„Sie sehen sicher auch manche Probleme, die es dort oben gibt. Die Leute hier erzählen sich so einiges, etwa dass ein großer Erdrutsch unvermeidlich ist und dass gar der Damm brechen könnte."

„Ja, wir sehen, wie der Riss in der Flanke des Monte Toc jeden Tag etwas größer wird. Die Ingenieure rechnen tatsächlich mit einem größeren Erdrutsch, den sie aber glauben kontrollieren zu können."

„Wissen Sie, ich verstehe Ihre Faszination für die technische Entwicklung und bin sehr aufgeschlossen dafür. Aber bei diesem Projekt habe ich schon seit langem meine Zweifel. Die Idee dafür stammt aus der Zeit des Faschismus, die ich selbst miterlebt habe. Schon damals gab es die ersten Pläne für einen Staudamm in unserer Gegend. Er sollte der größte Italiens und Europas werden, ganz in der Tradition Mussolinis. Sie kennen sicher seine Projekte und Bauten, vor allem in Rom, mit denen er die Macht Italiens und seine eigene unter Beweis stellen und an die Tradition der Römer als Großmacht anknüpfen wollte. Schon damals und erst recht nach dem Krieg ging es natürlich auch darum, möglichst viel billigen Strom zu erzeugen, der Italien vom Ausland unabhängig machen sollte. Zweifel daran waren immer unerwünscht, und eine Journalistin, die ein paar kritische Artikel veröffentlicht hat, wurde wegen ´Störung der öffentlichen Ordnung´ angeklagt. Die Möglichkeit eines großen Erdrutschs wurde immer ignoriert, obwohl die Leute hier in der Gegend schon seit langer Zeit wissen, dass es in der Vergangenheit große Bergrutsche gegeben hat und dass der Monte Toc nicht umsonst der ´wandernde Berg´ genannt wird. Und vor einigen Jahren hatten die Ingenieure dann noch die verrückte Idee, zwischen dem vorderen und dem hinteren Teil des Sees eine Verbindung zu bauen für den Fall, dass der See durch einen Erdrutsch in zwei Teile geteilt wird. Ich glaube, es wäre besser gewesen, schon damals das Wasser abzulassen und das ganze Vorhaben einfach zu vergessen… Ich hoffe, Sie nehmen es mir nicht übel, dass ich so offen mit Ihnen darüber rede, aber ich muss meine Gedanken und Gefühle zu diesem Thema einfach mal loswerden und würde natürlich auch gern hören, was Sie dazu sagen."

„Inzwischen weiß ich nicht mehr, was ich von dem Ganzen halten soll. Am Anfang habe ich immer geglaubt, dass die Geologen und Ingenieure tatsächlich alle Probleme im Griff haben. Aber seit einiger Zeit beginne ich daran zu zweifeln. Vor allem der Riss im Berghang hat mich stutzig gemacht. So etwas habe ich noch nie gesehen, und auch manche erfahrene Geologen sagen, dass ihnen etwas Ähnliches noch nie begegnet ist."

„Vielleicht bin ich bei diesem Thema etwas emotional, aber es betrifft mich natürlich ganz unmittelbar, denn wenn es einen großen Erdrutsch gäbe, würde Longarone als erster Ort von einer Flutwelle getroffen."

„Ja, das kann ich sehr gut verstehen. Ehrlich gesagt, beunruhigt mich das alles auch."

„Tut mir leid", sagte meine Vermieterin und lachte. „Ich wollte Ihnen keine Angst einjagen und auch Ihr Vertrauen in die Technik nicht erschüttern, sondern Ihnen nur mal mein Herz ausschütten."

In den folgenden Tagen ging mir dieses Gespräch nicht aus dem Kopf. Zwar schien bis jetzt der Plan der Ingenieure aufzugehen, den Erdrutsch durch die Veränderung des Wasserstandes zu kontrollieren, und der Bergrutsch verlangsamte sich jedes Mal, wenn das Wasser niedriger stand. Trotzdem beunruhigte mich das, was ich sah, und ich fragte mich, wie lange all dies noch gutgehen würde.

In dieser Zeit wuchsen auch die Probleme in meiner Beziehung mit Jim. Wir sahen uns nicht mehr sehr oft, und ich wusste, dass er immer häufiger Bekanntschaften mit anderen jungen Frauen hatte.

Ende Juli unternahmen wir beide an einem Wochenende eine Wanderung durch die Berge, die uns zum Schluss auch nach Casso führte. Ich spürte deutlich die Beunruhigung der Bewohner, die wir auf den Straßen trafen, und sah die Angst in ihren Augen und in ihren Gesten, wenn ihre Blicke den Monte Toc streiften. Der tiefe Riss in der Bergflanke war von hier aus klar zu sehen, und man konnte auch erkennen, dass er in den vergangenen Wochen langsam breiter geworden war.

Auf dem Weg zurück nach Longarone sprachen Jim und ich über unsere Beziehung.

„Ich sehe für uns wenig Zukunft", sagte er.

Den Tränen nahe, beschwor ich ihn, mich nicht zu verlassen, und sagte ihm, wie sehr ich an ihm hinge und wie viel mir unsere Beziehung bedeute.

Kurz bevor wir Longarone erreichten, versprach er mir schließlich, noch einmal darüber nachzudenken.

„Wenn du es unbedingt willst, können wir uns auch weiterhin ab und zu sehen", sagte er.

„Ja, vielleicht hat unsere Beziehung noch eine Chance", antwortete ich, bevor wir uns verabschiedeten.

Als ich nach Hause kam, sah meine Vermieterin, dass ich tief betrübt war, und sagte:
„Sie scheinen im Augenblick ziemlich unglücklich zu sein."
„Ach…, ich habe Probleme mit meinem Freund. Ich weiß nicht, ob wir zusammenbleiben werden."
„Ich will Ihnen nicht zu nahe treten", antwortete sie. „Aber manchmal ist das Ende nicht so schlimm, wie man denkt, denn es bedeutet auch Freiheit und einen Neuanfang. Jetzt trinken Sie erst mal ein Glas Wein und erzählen mir von Ihren Abenteuern am Stausee, dann sieht alles schon nicht mehr ganz so schlimm aus."
„Danke", sagte ich mit einem Lächeln.
„Wie geht es denn da oben?", fragte sie nach einer kurzen Pause.
„Ich weiß nicht…", antwortete ich. „Bis jetzt scheint alles mehr oder weniger in Ordnung zu sein. Aber wer weiß, ob das auch so bleibt? Der Riss im Hang des Monte Toc wird immer größer, und bei unserer heutigen Wanderung habe ich gesehen, wie beunruhigt die Leute in Casso sind."
„Ja, sie haben Vieh am Monte Toc und sehen jeden Tag hautnah, wie sich der Erdrutsch entwickelt. Außerdem gibt es offenbar öfter Erschütterungen und immer lautere Geräusche aus dem Berg."
„Das stimmt. Wir spüren auch häufiger kleine Erdbeben und hören diese Geräusche. Trotzdem sind die meisten von uns davon überzeugt, dass der Vajont-Staudamm ein einmaliges Projekt ist und dass wir stolz darauf sein können, daran mitzuarbeiten."
„Wenn tatsächlich alles wahr wird, was die SADE uns verspricht, könnte das vielleicht so sein. Aber ich weiß nicht so recht… Ich habe gerüchteweise von einem Gutachten gehört, nach dem es in ferner Vergangenheit einen großen Erdrutsch gegeben hat, der sich in der Zukunft wiederholen könnte."

„Ich weiß. Wir haben auch darüber gesprochen. Freilich wurde später eine Simulation durchgeführt, die gezeigt hat, dass eine Flutwelle im schlimmsten Fall höchstens 20 Meter hoch sein könnte."

„Wenn die Simulation stimmt…"

„Ja, natürlich. Ach, wissen Sie, im tiefsten Inneren teile ich auch diese Bedenken. Vielleicht liegt es auch an meiner Erziehung. Es war meinen Eltern immer sehr wichtig, dass ich mir ein Ziel setze und es erreiche. Daran zu zweifeln war für mich undenkbar."

„Ja, das kenne ich auch. Für meine Eltern war es auch ungeheuer wichtig, dass ich zielstrebig war und in der Schule gute Noten hatte. Aber mit zunehmendem Alter verliert das alles an Bedeutung. Na ja, was man an Schönheit verliert, gewinnt man an Unabhängigkeit… Das Alter hat auch seine Vorteile."

„Da haben Sie ganz bestimmt recht", antwortete ich, und wir lachten beide.

Als wir uns nach etwa einer Stunde verabschiedeten, hatte ich nicht nur zum ersten Mal das Gefühl, ein wenig Abstand von den Problemen mit Jim gewonnen zu haben, sondern ich begann auch, meine Zweifel an den Geschehnissen im Vajonttal ernster zu nehmen.

In den nächsten Wochen regnete es immer häufiger. Im beginnenden Herbst hüllten die Wolken das Tal um den Stausee in ein tiefes Grau, das sich wie ein undurchdringlicher Schleier auf die Landschaft legte. Dichte Reihen von Tropfen zogen unzählige kleine Kreise auf dem Wasser des Sees, während allein die dunkle, wassergetränkte Erde des Ufers einen düsteren Kontrast zum Grau des Nebels bildete.

Um diese Zeit, Anfang September, verstärkten sich die Sorgen mancher Geologen. Es wurde immer deutlicher, dass der

Hang des Monte Toc sich schneller bewegte, unabhängig davon, ob der Wasserstand höher oder niedriger war.

Eines Tages sagte Carlo zu mir:

„Was auch immer wir tun… der Hang bewegt sich schneller und schneller, und niemand hat eine überzeugende Erklärung dafür. Alle scheinen ziemlich hilflos zu sein."

„Wenn es im Untergrund tatsächlich eine wasserundurchlässige Tonschicht gäbe, könnte das Regenwasser nicht abfließen, und der Hang würde immer mehr ins Rutschen geraten", antwortete ich.

„Das stimmt. Deine Theorie wäre eine mögliche Erklärung. Das einzig Richtige wäre in dieser Lage, das Wasser abzulassen. Aber stattdessen halten die Ingenieure an ihrem Plan fest, den Hang angeblich kontrolliert in den See gleiten zu lassen. Wenn du mich fragst, ist das der reine Wahnsinn."

„Ich kann dir nicht widersprechen", antwortete ich, während wir beide vom Damm aus auf die dunkle, von Nebelschwaden bedeckte Wasserfläche hinausblickten.

Jim traf ich in dieser Zeit nur noch selten. Freilich banden mich nach wie vor meine Träume und tiefen Sehnsüchte an ihn, auch wenn ich spürte, dass sie nicht mehr Wirklichkeit werden würden. In den letzten Septembertagen sahen wir uns zum letzten Mal für längere Zeit. Noch einmal überwältigten mich meine Gefühle für ihn, und ich bat ihn unter Tränen, sich nicht von mir zu trennen, doch schienen meine Worte ihn nicht mehr zu erreichen. Freilich hoffte ich noch immer insgeheim, ihn im letzten Augenblick umstimmen zu können.

Anfang Oktober spitzte sich die Lage rund um den Stausee zu. Der Hang bewegte sich jetzt mit einer Geschwindigkeit von mehreren Zentimetern pro Stunde auf den See zu und war durch nichts mehr aufzuhalten. Wenn der Wasserstand abgesenkt wurde, beschleunigte sich im Unterschied zu früher der Erdrutsch sogar. Deshalb beschlossen die Ingenieure, so viel Wasser abzulassen, dass der Wasserspiegel 20 Meter unterhalb der Dammkrone blieb, weil sie glaubten, dass der Damm auf diese Weise Schutz vor der höchsten zu befürchtenden Flutwelle bieten würde.

In dieser Zeit sprach ich immer öfter mit Carlo über die Lage, weil er seine Zweifel mit einer Offenheit aussprach, zu der ich nicht fähig war.

„In den nächsten Tagen wird es wohl so weit sein. Alle Ingenieure rechnen mit einem großen Erdrutsch innerhalb der nächsten Woche. Sie meinen freilich noch immer, dass die Welle nicht höher sein kann als 20 Meter. Aber irgendetwas ist da faul. Diese unkontrollierbare Rutschung gefällt mir überhaupt nicht. Du weißt, was passieren kann, wenn sich Wasser in einer Tonschicht immer weiter aufheizt…"

„Ja", antwortete ich. „Der Wasserdruck steigt an, und der Erdrutsch beschleunigt sich plötzlich."

„Genau. Wenn das geschieht, möchte ich lieber nicht hier am Stausee sein. Ehrlich gesagt, finde ich es unverantwortlich, dass die Bewohner nicht evakuiert oder wenigstens vor einer unberechenbaren Flutwelle gewarnt werden."

„Das stimmt", antwortete ich, obwohl ich mir noch immer nicht wirklich vorstellen konnte, dass die leitenden Ingenieure einen solchen Fehler begehen würden.

„Ich weiß noch nicht genau", fuhr Carlo fort, „aber ich überlege mir, für ein paar Tage zu meinen Eltern nach Genua zu fahren. Du bleibst sicher hier, schon allein wegen Jim. Außerdem ist es für dich ja nicht so einfach, mal für ein paar Tage zu Verwandten zu fahren."

„Da hast du recht", antwortete ich mit einem traurigen Lächeln.

Auch meine Vermieterin wurde immer unruhiger. Als ich ihr von Carlo und seinen Plänen erzählte, sagte sie:

„Auch ich habe mir schon überlegt, ob ich wegfahren soll, und wahrscheinlich mache ich das auch. Die SADE und ihre Ingenieure behaupten zwar, dass sie alles im Griff haben, aber ich glaube nicht daran. Die Leute hier sind zwar etwas beunruhigt, aber letzten Endes kann sich doch niemand vorstellen, dass eine Flutwelle auch Longarone erreichen könnte. Aber ich bin mir da nicht so sicher..."

„Wenn Sie wegfahren, werde ich wohl hier die Stellung halten", antwortete ich.

„Ja. Es sei denn, Sie wollten auch wegfahren..."

„Ich fürchte, das wird nicht gehen."

„Ich weiß, für Sie hängt viel an diesem Staudamm", sagte sie, bevor wir uns am späten Abend verabschiedeten.

Wenig später, am 8. Oktober 1963, war klar, dass es am nächsten Tag zu einem großen Erdrutsch kommen würde. Die Ingenieure waren sich so sicher, dass der Damm jede Flutwelle aufhalten würde, dass sie verabredeten, sich am Abend des nächsten Tages auf der Staumauer zu treffen, um den Erdrutsch und die Welle zu beobachten. Auch meine Vermieterin hatte von dem Plan gehört und sagte nach dem Abendessen zu mir:

„Ich habe vor ein paar Tagen schon mit Ihnen darüber gesprochen... Ich fahre morgen für eine Woche zu meiner Tochter nach Florenz. Ich traue der ganzen Sache nicht. Heute habe ich übrigens gehört, dass sich die Ingenieure morgen auf dem Staudamm versammeln wollen, um sich den Erdrutsch anzuschauen... eine verrückte Idee! Offiziell heißt es natürlich, dass keine Gefahr besteht, und viele Leute scheinen es zu glauben. Auf jeden Fall wollen sich die meisten morgen im Fernsehen das Fußballspiel ansehen zwischen... Wie heißen diese Mannschaften noch mal?"

„Real Madrid und die Glasgow Rangers", antwortete ich mit einem Lächeln.

„Ach wissen Sie, Fußball ist nicht so mein Ding. Ich bleibe deswegen jedenfalls nicht hier."

Als wir uns am nächsten Morgen verabschiedeten, sagte sie mit einem gleichzeitig besorgten und traurigen Gesichtsausdruck:

„Leben Sie wohl, und passen Sie auf sich auf. Vielleicht überlegen Sie es sich ja doch noch anders und fahren auch weg… Im Zweifelsfall können Sie mich in Florenz anrufen. Wir werden schon ein Zimmer für Sie finden."

„Vielen herzlichen Dank", antwortete ich etwas verlegen.

„Und bevor Sie weggehen, denken Sie bitte daran, die Fenster zuzumachen und die Tür abzuschließen. Aber wie ich Sie kenne, werden Sie das mit Sicherheit nicht vergessen."

„Nein, bestimmt nicht", sagte ich, und wir umarmten uns zum Abschied.

Anschließend ging ich zum Staudamm, wo einige Ingenieure bereits ungeduldig die Anzeichen des bevorstehenden Erdrutschs beobachteten. Von der Staumauer aus sah man immer wieder große Felsbrocken und Bäume in den See stürzen. Einer der Ingenieure sagte zu mir:

„Wir treffen uns heute Abend hier, um alles zu beobachten. Eine zweite Chance, Zeuge eines solchen Ereignisses zu werden, bekommt ein Ingenieur oder Geologe wohl kaum in seinem Leben. Sie sind natürlich auch herzlich eingeladen."

„Danke", entgegnete ich, „aber ich weiß noch nicht genau…"

„Eine derartige Gelegenheit dürfen Sie sich auf keinen Fall entgehen lassen. Es wird mit Sicherheit ein ganz außergewöhnliches Ereignis, an das sich Geologen noch lange erinnern werden."

Auch Jim war da und begrüßte mich kurz. Dann sagte er:

„Ich werde heute Abend auch kommen. Ich glaube, du solltest die Einladung auch annehmen. Es ist eine große Ehre, die man nicht einfach ablehnen kann. Außerdem ist es natürlich auch für uns als Wissenschaftler sehr aufschlussreich, einen Erdrutsch dieser Größe zu beobachten."

„Ja, sicher...", antwortete ich, „aber ich habe auch meine Zweifel."

„Ich glaube, du solltest nicht so ängstlich sein. Überlege es dir noch mal. Du würdest ganz bestimmt etwas verpassen."

„Ich werde noch mal darüber nachdenken", sagte ich mit leichter Trauer in der Stimme.

Kurz darauf begegnete ich Carlo, der mich fragte, ob ich Lust auf einen kleinen Spaziergang hätte. Ich bejahte, und wir liefen vom Staudamm aus ein kleines Stück den Berg hinauf in Richtung Casso. Von dort sahen wir noch deutlicher das Schauspiel, das wir schon von der Staumauer aus beobachtet hatten. In immer kleiner werdenden Abständen fielen große Felsbrocken und manchmal auch Gruppen von zwei oder drei Bäumen ins Wasser und verursachten Wellen, die sich über einen großen Teil des Sees ausbreiteten.

„Das sieht nicht gut aus", sagte Carlo. „Ich habe mich jedenfalls entschlossen, nach Genua zu fahren. Mein Zug geht in zwei Stunden. Das hier ist doch der helle Wahnsinn. Übrigens hat mir gestern jemand erzählt, dass es vor einer Woche bei einer Sitzung der leitenden Ingenieure Streit gegeben haben soll. Ein Ingenieur soll darauf bestanden haben, dass das Wasser so weit wie möglich abgelassen und die Bevölkerung evakuiert oder zumindest vor einer Flutwelle gewarnt wird. Aber die Manager und seine Kollegen haben sich strikt geweigert, weil eine weitere Verzögerung des ganzen Projekts für sie nicht in Frage käme. Und dann haben sie ihm gesagt, er solle das Ganze nicht nur mit den Augen des Ingenieurs betrachten, sondern auch mal mit denen des Managers. Schließlich musste er klein beigeben und hat dafür gestimmt, dass der Wasserstand nur wie geplant abgesenkt wird. Diese Geschichte hat mich noch in meiner Entscheidung bestärkt, nicht hier zu bleiben, obwohl sie mich auch eingeladen haben und obwohl mir ein Kollege gesagt hat, dass es vielleicht meiner Karriere schaden würde, wenn ich die Einladung nicht annähme. Das ist mir aber egal. Ich habe auch meinen Freunden und Bekannten geraten wegzufahren."

„Meine Vermieterin ist auch heute morgen zu ihrer Tochter nach Florenz gefahren", sagte ich.

„Und was hast du vor?"

„Ich weiß es noch nicht. Ich sehe die Sache genauso wie du, aber ich kann es mir immer noch nicht richtig vorstellen, dass die leitenden Ingenieure einen derartigen Fehler machen können."

„Ich glaube, das können sie, weil sie die Gefahren unterschätzen und sich selbst überschätzen und weil den Managern der SADE ihre Karriere wichtiger ist als alles andere."

Nach einem Augenblick des Schweigens fuhr er fort:

„Ich muss jetzt gehen, sonst verpasse ich meinen Zug. Denk noch mal darüber nach. Hier ist übrigens meine Telefonnummer. Du kannst dich jederzeit bei mir melden."

„Vielen herzlichen Dank", antwortete ich.

„Alles Gute... und sei vorsichtig", sagte er, bevor wir uns verabschiedeten.

Inzwischen war es etwa zwei Uhr nachmittags. Der Himmel war fast wolkenlos, und die Luft war sehr klar, so dass man eine weite Sicht über die Gipfel der Dolomiten hatte, die im hellen Sonnenschein leuchteten, während der Fuß des Staudamms in tiefem Schatten lag.

Ich kehrte zunächst nach Longarone zurück und wartete bis zum Abend. Bis fast zur letzten Minute war ich unentschieden und kämpfte mit mir. Es war meinen Eltern immer sehr wichtig gewesen, dass ich alle Erwartungen erfüllte, die andere und insbesondere Lehrer und Vorgesetzte an mich richteten. Deshalb war es für mich ungeheuer schwer, einfach zu gehen oder wegzufahren, wie es Carlo getan hatte. Außerdem wollte ich trotz allem Jim nicht zurücklassen und hoffte im tiefsten Inneren, dass er seine Meinung noch ändern würde. Andererseits gingen mir immer wieder Carlos Worte durch den Kopf, die all das ausdrückten, was ich selbst dachte, und meine tiefen Zweifel bestärkten. Schließlich entschied ich mich dann aber doch, zum Staudamm zurückzukehren und machte mich gegen halb neun abends auf den Weg. In Longarone liefen in vielen Bars und Restaurants schon die Fernsehgeräte, weil viele sich das Fußballspiel anschauen wollten, das in Kürze beginnen sollte. Es war eine helle Vollmondnacht, in der sich die Silhouetten der Berge im Piavetal deutlich abzeichneten. Im Tal des Vajont dagegen war es tief dunkel, da kaum ein Strahl des Mondlichts bis zum Grund der Schlucht drang. Aus diesem Grund hatte ich eine Taschenlampe mitgenommen, um klar sehen zu können. Als ich mich der Staumauer näherte, bemerkte ich immer deutlicher einen an- und abschwellenden Lichtschein. Er stammte von den Suchscheinwerfern, deren Kegel sich über den Hang des Monte Toc hinwegbewegten, damit die Ingenieure alles genau verfolgen konnten. Sie tauchten den Berg in ein kaltes, unwirkliches Licht, von dem sich das tiefe Dunkel der Wasserfläche umso deutlicher abhob und in mir mehr als je zuvor ein Gefühl der Bedrohung weckte. Als ich den Staudamm entlanglief, wurde ich schließlich Zeugin eines beängstigenden Schauspiels. Ich blieb kurz stehen und sah, wie sich, von den Scheinwerfern grell angestrahlt, eine große Menge Gestein und mit ihm Gruppen von Bäumen vom Hang lösten und in den See stürzten. Dabei wühlten sie das Wasser auf, wie ich es noch nie gesehen hatte. Die

Wellen schlugen auch gegen die Staumauer, und ich meinte, ihre Gischt im Gesicht zu spüren. Die lauten Stimmen der Ingenieure verrieten hingegen freudige Erregung, weil der Erdrutsch jetzt unmittelbar bevorstand und sie fest davon überzeugt waren, dass ihre Berechnungen richtig waren und dass der Damm die Welle in jedem Fall auffangen würde. Ich jedoch dachte an Carlos Warnungen und an die Worte meiner Vermieterin vor unserem Abschied. Während ich vorher noch unschlüssig gewesen war und trotz allem nicht hatte glauben wollen, dass sich so viele Ingenieure und Geologen so grundsätzlich irren könnten, begann ich jetzt auf meine eigene Überzeugung und meine Intuition zu hören, die mir sagten, dass es ein tödlicher Fehler wäre, mich der Gruppe auf dem Staudamm anzuschließen. Da ich nicht wusste, ob ich Longarone noch vor dem Erdrutsch erreichen würde, entschied ich mich, den Berg hinauf in Richtung Casso zu laufen und das Ereignis von dort zu verfolgen. Als ich mich der Gruppe der Ingenieure und Geologen näherte, sah ich, dass auch Jim unter ihnen war.

„Du bist also doch noch gekommen…", sagte er.

„Ja", erwiderte ich. „Aber ich werde nicht lange bleiben. Ich werde Richtung Casso laufen und den Erdrutsch von dort beobachten."

„Was willst du denn da oben? Du scheinst ja eine wahre Riesenwelle zu erwarten."

„Hast du die Wellen eben nicht gesehen?", fragte ich ihn.

Er spürte mein Entsetzen und antwortete:

„Ich glaube noch immer, dass du zu ängstlich bist. Die Wellen nach dem Erdrutsch werden auch nicht viel höher sein."

„Da wäre ich nicht so sicher", antwortete ich.

„Schade, dass du nicht bleiben willst."

Meine Antwort kostete mich Überwindung. Dennoch sagte ich nach einem kurzen Augenblick:

„Es tut mir leid. Ich gehe jetzt. Ich glaube, dass uns nicht mehr viel Zeit bleibt."

„Die anderen bleiben auch alle. Niemand hier könnte verstehen, dass du nicht hierbleiben willst."

„Ich weiß. Aber mein Gefühl sagt mir, dass ich nicht bei euch bleiben kann."

„Man sollte nicht zu sehr auf seine Gefühle hören. Sie führen einen meistens in die Irre."

„Manchmal führen sie uns vielleicht in die Irre, aber häufig steckt in ihnen mehr Wahrheit, als viele denken."

Er wirkte etwas erstaunt, weil er spürte, dass er mich nicht würde umstimmen können, und sagte:

„Schade. Aber es ist natürlich deine Entscheidung."

„Ja", antwortete ich, „und ich glaube, dass es die richtige Entscheidung ist."

„Alles Gute, und pass auf dich auf!"

„Danke… Lebewohl… Wir sehen uns dann morgen oder übermorgen", erwiderte ich, bevor wir uns zum Abschied flüchtig umarmten.

Es fiel mir schwer, ihn zurückzulassen, doch ich wusste klarer als jemals zuvor, dass unsere Beziehung zu Ende war, und ich war zum ersten Mal bereit, trotz all der tiefen Sehnsüchte, die mich an ihn banden, meinen eigenen Weg zu gehen.

Als ich das Ende der Staumauer erreichte, drehte ich mich noch ein letztes Mal kurz um und sah Jim zusammen mit den anderen Geologen und Ingenieuren. Sie lachten laut über irgendetwas, was sie nicht ernst zu nehmen schienen. Es war das letzte Mal, dass ich ihn sah. Obwohl es in diesem Augenblick völlig ruhig war, wusste ich, dass es nicht mehr lange dauern würde und dass ich mich beeilen musste. Ich bin dann auf einem Waldweg immer weiter den Berg hinaufgelaufen. Meine Taschenlampe brauchte ich nicht mehr, weil der Wald immer lichter wurde und der Mond den Weg und den Berghang beleuchtete. Neben dem Mond waren in der klaren Nacht auch die Sterne zu sehen, deren Anblick der Welt um mich herum viel von ihrem Schrecken nahm.

Ich stieg immer weiter hinauf, dem Licht der fernen Welten am Himmel entgegen. Ich fühlte mich wie in einem Traum und folgte meiner Intuition, obwohl mir mein Verstand sagte, dass es unsinnig war, so weit hinaufzuklettern, weil auch die größte Flutwelle wohl kaum so hoch sein würde. Ich lief an Casso vorbei, dessen Kirchturmspitze neben den kleinen Häusern hoch in den Himmel ragte. Etwas oberhalb des Ortes drehte ich mich um und sah das Dorf links unter mir liegen. Ich befand mich an einem Punkt, der etwas höher war als die Spitze des Kirchturms, und hatte einen weiten Blick über das Tal und die Flanke des Monte Toc, über den nach wie vor im ständig gleichen Rhythmus die Lichtkegel der Scheinwerfer strichen. Es war in der ganzen Zeit, seit ich mich von Jim verabschiedet hatte, geradezu gespenstisch ruhig gewesen, und auch jetzt war kaum ein Laut zu hören. Nur manchmal meinte ich, ganz schwach die Stimmen der Ingenieure auf der Staumauer zu hören. In diesen Augenblicken wusste ich, dass Jim und die anderen ganz nah waren, und doch erschien es mir, als ob mich ein unüberbrückbarer Abgrund von ihnen trennte.

Mittlerweile war es etwa eine Stunde her, seit ich die Staumauer verlassen hatte. Es war kurz nach halb elf, und ich wusste, dass wahrscheinlich nur noch Minuten vergehen würden, bis der Erdrutsch begann. Die Zeit verging langsam inmitten der unheimlichen Ruhe, die das Tal erfüllte. Unter mir lag in tiefer Schwärze der Stausee, dessen Wasser ruhig und still wirkte. Doch es war eine trügerische, bedrohliche Ruhe, als ob das Wasser ein schlafendes Ungeheuer wäre, das jederzeit erwachen konnte.

Wenige Minuten später hörte ich ein Geräusch, das wie ein

leises Grollen klang, ohne dass ich genau sagen konnte, woher es gekommen war. Nach einigen Sekunden bemerkte ich, wie sich der Hang des Monte Toc bewegte, zunächst langsam, dann immer schneller. Die Erde begann zu beben, und plötzlich erfüllte ein greller, flackernder Lichtschein das Tal. Das Grollen entwickelte sich zu einem unbeschreiblichen, ohrenbetäubenden Lärm, der von überall gleichzeitig zu kommen schien, aus allen Richtungen, aus der Erde, dem Wasser, der Luft und dem Himmel. Es war, als ob die Erde zerborsten wäre und alle Elemente einen letzten Todesschrei ausstießen. Während der Boden unter mir immer heftiger wankte, beobachtete ich, wie die gesamte Bergflanke des Monte Toc mit allem, was auf ihr war, auf das Tal zuraste, umhüllt von einer Wolke aus Staub und verdampfendem Wasser. Ich sah, wie der zusammenbrechende Berg den Talboden erreichte, wie das Gestein das Tal verschlang und wie ein unaufhaltsamer Malstrom den gegenüberliegenden Berghang hinaufdrängte. Gleichzeitig schoss auf meiner rechten Seite, von dem Lichtschein auf der anderen Seite des Tals grell angestrahlt, eine riesige Fontäne Hunderte von Metern in die Höhe. Es war ein furchterregender Anblick und dennoch nur der Vorbote dessen, was folgte. Wenige Sekunden später bemerkte ich etwas Dunkles, das zunächst wie ein Schatten wirkte, der beängstigend rasch wuchs, als ob sich der See in ein monströses Lebewesen verwandelt hätte. Immer höher wurde die Flutwelle, sie erreichte Casso und wenige Augenblicke später die Höhe des Kirchturms, auf der ich mich befand. Mit unglaublicher Geschwindigkeit bewegte sie sich auf mich zu. Ich versuchte zu schreien, doch meine Stimme versagte. Allein und hilflos im Angesicht des Todes, eine winzige Kreatur gegenüber einer unfassbaren Gewalt, zitterte ich am ganzen Leib, als die gewaltige Welle plötzlich ihre Richtung änderte. Sie bewegte sich nur knapp an Casso vorbei, die Häuser des Ortes um fast 20 Meter überragend, und raste anschließend talaufwärts. Gleichzeitig regneten riesige Mengen an Wasser, vermischt mit Felsbrocken, auf den Berghang herab, auf dem ich stand. Ich suchte Schutz in einer Vertiefung im Boden und bedeckte meinen Kopf mit meinen Armen. Ich fürchtete, ertrinken zu müssen, obwohl ich der Flutwelle entronnen war. Fast zwei Minuten dauerte der infernalische Regen aus Wasser und Steinen aus der Fontäne und der Gischt der Flutwelle. Als es zu Ende war, richtete ich mich auf, am ganzen Körper zitternd und zu keinem klaren Gedanken fähig. Noch immer beleuchtete das Licht von der anderen Seite einen großen Teil des Tals. Zu meiner rechten Seite jedoch lag der Talboden mit der Staumauer in tiefem Dunkel, das die Hölle verhüllte, die sich dort verbarg. Nur langsam wurde mir bewusst, was geschehen war. Ich fragte mich, ob der Damm der Wucht der Flutwelle standgehalten hatte und was aus Longarone geworden sein mochte, aber ich konnte und wollte mir die Folgen des Ereignisses, dessen Zeugin ich geworden war, noch nicht vorstellen.

Nach einigen Minuten kamen Einwohner von Casso, die aus ihren Häusern geflohen waren, um auf dem Berg Schutz zu suchen. Einige waren der Flutwelle nur ganz knapp entkommen und konnten vor Entsetzen kaum sprechen. Wir versuchten, uns gegenseitig mit Gesten zu trösten, und warteten auf das, was kommen würde. Die Begegnung mit dem Tod hatte uns alle tief traumatisiert, und es dauerte längere Zeit, bis wir die Sprache wiederfanden. Noch immer erfüllte ein unheimlicher Lichtschein einen Teil des Tals. Schließlich war ich fähig zu fragen, was es damit auf sich habe. Ein Mann erklärte mir, dass das Licht von durchtrennten Hochspannungsleitungen am Hang des Monte Toc stamme. Kurz darauf erlosch das flackernde Leuchten, und nur noch der Mondschein erhellte den oberen Teil des engen Tals. Wenig später wurde das Tal von einem lauten Rauschen erfüllt, das klang, als käme es von einem riesigen Fluss. Wir konnten nur erahnen, dass etwa 100 Meter unter uns ein dunkler Strom das Tal ausfüllte, und fürchteten wieder, vom Wasser verschlungen zu werden. Später habe ich dann erfahren, dass es sich um das zurückfließende Wasser der Flutwelle handelte, das minutenlang die Staumauer überströmte und sich in das dahinter liegende Tal ergoss. Als schließlich alles vorbei war, brach sich bei uns allen die Verzweiflung Bahn, und auch ich begann zu weinen wie noch nie zuvor in meinem Leben, bis mich eine tiefe Müdigkeit überkam. Ich fiel in einen leichten Schlaf, aus dem ich manchmal von unruhigen Träumen geweckt wurde. Als ich nach mehreren Stunden erwachte, war der Mond untergegangen, und das Tal unter mir lag in tiefer Finsternis und beängstigender Stille. Ich fror, weil ich nur einen dünnen Mantel trug, der stark durchnässt war und wenig Schutz gegen die Kälte der herbstlichen Gebirgsnacht bot. Die Menschen um mich herum kauerten allein oder in kleinen Gruppen am Boden. Kaum jemand sprach ein Wort, und wir alle warteten auf unsere Rettung oder auf den Tod, überwältigt von einer unfassbaren Katastrophe. Einige Zeit später begannen die ersten Strahlen der Dämmerung die Berge und das Tal zu erhellen und enthüllten langsam das ganze Ausmaß dessen, was sich ereignet hatte. Das gesamte Tal war mit Schlamm und Geröll aufgefüllt, die eine graue Masse bildeten und einen modrigen Geruch verströmten, der uns erst jetzt wirklich ins Bewusstsein drang. Zu unser aller Erstaunen stand die Staumauer noch. Nur die Dammkrone war von der Flutwelle weggespült worden. Vor dem Damm türmte sich ein gewaltiger Schuttberg auf, der die Staumauer fast unseren Blicken entzog. Das Tal hinter der Staumauer war für uns nicht sichtbar, und wir konnten nur erahnen, welche Zerstörung das Wasser in Longarone angerichtet hatte.

Gegen neun Uhr landeten Hubschrauber der italienischen Luftwaffe in der Nähe von Casso und brachten uns in Sicherheit. Als wir den Staudamm überflogen, sah ich, dass er tatsächlich nahezu unbeschädigt war. Dahinter freilich tat sich ein tiefer Krater auf, und umgeknickte Bäume in einer Höhe von 100 bis 250 Metern zeigten, wie hoch die Flutwelle gewesen sein musste, die sich auf Longarone zubewegt hatte. Die kleine Stadt selbst bot einen Anblick völliger Zerstörung. Fast kein Haus war stehengeblieben, und das ganze Tal war von einer meterhohen Schlammschicht bedeckt, in der Helfer nach Überlebenden und Toten suchten. Vom Haus meiner Vermieterin war keine Spur mehr zu entdecken. Die gesamte Straße war eine graue Schlammwüste, aus der nur einige wenige bizarre Trümmer hervorragten. Es war eine Landschaft des Todes, wie ich sie bisher nur aus Berichten über den Ersten und Zweiten Weltkrieg kannte. Auch flussabwärts bot das Piavetal ein Bild schrecklicher Verwüstung. Neben Longarone hatte die Flutwelle noch mehrere andere Orte ausgelöscht, und grauer Schlamm füllte einen großen Teil des Talgrundes aus.

Der Hubschrauber flog uns in einen Ort nahe Venedig, wo wir zunächst in einer Schule untergebracht wurden. Da ich nicht so recht wusste, wohin ich gehen sollte, rief ich am nächsten Tag meine Vermieterin in Florenz an, die mir sofort anbot, die Zeit bis zu meiner Heimreise nach Amerika bei ihr zu verbringen. Zwei Tage später fuhr ich mit dem Zug nach Florenz, wo meine Vermieterin in einem Vorort bei ihrer Tochter wohnte. Sie empfing mich herzlich wie immer, auch wenn sie angesichts des Schicksals von Longarone tief bedrückt war. Sie selbst hatte überlebt, aber ihr Haus war zerstört, und die meisten ihrer Freunde und Nachbarn waren tot. Jetzt erst las ich in den Zeitungen all die schrecklichen Einzelheiten über die Katastrophe, die die Bilder in meiner Erinnerung noch furchtbarer erscheinen ließen. Ich erfuhr, dass die Flutwelle, nachdem sie die Dammkrone überspült hatte, die Luft im unteren Teil des Vajonttals nahezu schlagartig verdrängt hatte und dass die der Flutwelle vorangehende Druckwelle, die Longarone traf, vielen Opfern nicht nur die Kleider, sondern auch die Haut vom Körper gerissen hatte. Insgesamt waren mehr als 2.000 Menschen bei der Katastrophe umgekommen. Viele Leichen wurden nie gefunden. Zu ihnen gehörten auch die sterblichen Überreste der Ingenieure und Geologen auf der Staumauer, die, so wurde angenommen, von der Flutwelle in die Adria gespült wurden. Auch ich war tief betrübt, als ich diese Nachrichten las. Trotz allem vermisste ich Jim noch immer und machte mir Vorwürfe, weil ich überlebt hatte, obwohl mir bewusst war, dass ich sein Leben nicht hätte retten können.

In einem Bericht wurde auch erwähnt, dass ein Felsvorsprung die Flutwelle im oberen Teil des Vajonttals abgelenkt hatte und dass nur dieser Zufall den Einwohnern von Casso und auch mir im letzten Augenblick das Leben gerettet hatte.

Zwei Wochen später flog ich nach Amerika zurück. Vor meiner Abreise erzählte mir meine Vermieterin, dass sie in Florenz bleiben würde, weil niemand wisse, ob und wann Longarone wieder aufgebaut würde. Nachdem ich mich bei ihr bedankt hatte für alles, was sie für mich getan hatte, sagte sie zum Schluss:

„Gut, dass Sie auf mich und Ihre Intuition gehört haben und nicht auf die anderen oder vermeintliche Autoritäten."

„Das stimmt", antwortete ich und versprach ihr, auch nach meiner Rückkehr nach Amerika mit ihr in Verbindung zu bleiben.

Nach meiner Ankunft in den USA habe ich zunächst einige Wochen bei meinen Eltern verbracht und dann eine längere Reise gemacht, bevor ich meine Dissertation abgeschlossen habe. Die Zeit in Italien, die Katastrophe, die ich nur knapp überlebt habe, und das Ende der Beziehung mit Jim bedeuteten einen tiefen Bruch in meinem Leben, nach dem nichts mehr so war wie zuvor. Zwar trauerte ich noch immer um Jim, aber ich wusste auch, dass ich das Richtige getan hatte und dass meine Entscheidung, nicht bei ihm zu bleiben, mir nicht nur das Leben gerettet hatte, sondern für mich auch einen wichtigen Schritt zur Unabhängigkeit bedeutete. Nach den Erlebnissen im Vajonttal war ich nicht mehr so leicht bereit, mich an jemanden oder an ein bestimmtes Ziel zu ketten, so wichtig es auch scheinen mochte, und dafür jedes Opfer zu bringen."

„Hast du deine Vermieterin und Carlo je wiedergesehen?", fragte Susan.

„Ja", antwortete Rebecca. „Dein Vater und ich haben später unsere Hochzeitsreise nach Italien gemacht. Als wir nach Florenz kamen, haben wir meine Vermieterin besucht. Obwohl sie zu diesem Zeitpunkt schon ziemlich alt war, war sie noch immer sehr rüstig. Sie freute sich, dass ich geheiratet hatte und erzählte mir, dass sie für den Rest ihres Lebens in Florenz bleiben würde, wo sie mittlerweile ein kleines Haus besaß. Zu dieser Zeit hatte der Wiederaufbau von Longarone schon begonnen, aber sie wollte verständlicherweise nicht mehr dorthin zurückkehren. Carlo habe ich später bei einem Kongress in Amerika getroffen. Wir haben natürlich über unsere Erlebnisse am Vajont-Stausee gesprochen. Inzwischen war die Ursache des Erdrutsches ausführlich untersucht worden, und viele Studien hatten bestätigt, dass wir damals auf der richtigen Fährte gewesen waren."

Rebecca und Susan standen noch eine Weile schweigend und betrachteten die Berge der Dolomiten, deren Gipfel und Grate sich in der klaren Luft des kühlen Spätnachmittags deutlich vom hellblauen Himmel abhoben.

„Es ist eine sehr schöne Landschaft. Aber man sieht noch immer klar die Spuren dessen, was damals geschehen ist", sagte Susan und zeigte auf den Hang des Monte Toc gegenüber.

„Ja", antwortete Rebecca. „Aber die Zeit wird auch diese

Wunden heilen. Aus geologischer Perspektive betrachtet, ist ein Menschenleben nur eine äußerst kurze Zeit… Das Wichtigste ist, dass wir die richtigen Schlussfolgerungen ziehen. Ich bin noch immer überzeugt davon, dass Technik und Wissenschaft einen großen Fortschritt für die Menschen bedeuten, aber die Wissenschaft hat natürlich auch ihre Grenzen, wie die damaligen Ereignisse gezeigt haben. Auch ihre Ergebnisse unterliegen Irrtümern und dem Zeitgeist. In den sechziger Jahren waren viele Menschen zu sehr von der Unfehlbarkeit der Ingenieure und Naturwissenschaftler überzeugt und davon, dass menschlicher Wille alle Grenzen überwinden kann. Heute wiederum glauben oft die Skeptiker zu sehr, im Besitz der alleinigen Wahrheit zu sein. Aber vielleicht sind die gefährlichsten Wellen ja nicht Flutwellen, sondern Ideologien und politische ´Bewegungen´. Meine Eltern sind verheerenden Kriegen und der Verwirklichung mörderischer Ideologien nur knapp entronnen. Die Folgen dieser Erlebnisse haben nicht nur ihr ganzes Leben geprägt, sondern auch meine Jugend. Aber all das ist jetzt vorbei…"

„Da hast du recht", sagte Susan, bevor sie nach Longarone zurückkehrten und das Tal des Vajont hinter sich ließen.

The Armistice

The yard behind the house lay as if frozen in the dense fog of the November morning. The milky contours of trees, bushes, and hedges became blurred in the dark gray of the sky, which blanketed the earth with cold moisture. No trace of life appeared on the former lawn which was covered by dying moss and bordered by an old thuja hedge whose tops vainly tried to penetrate the fog.

"What a morning," said Andrea.

"It fits the reason for our trip," answered Christian. "But I´m here to help you. We still have to look through the rooms on the second floor and the study."

"I know, but we´re making good progress," said Andrea and threw a brief glance into the office of her recently deceased father.

"Let´s start here," she continued. "I think we have the most work to do in this room."

"This is true. The results of a long translator´s life…"

"Towards the end of his career, your father mainly translated books, didn´t he?"

"Yes, mostly philosophical works. That had always been his hobby. We should come across some manuscripts in here."

They had a look around in the big room full of tall, old bookcases where all books were lined up systematically. Suddenly, Christian discovered an older book about the history of French literature and turned around.

"Here is a book about Flaubert. Did it belong to your father?," he asked.

"No, I don´t think so. It rather looks as if it belonged to my grandfather."

"What was your grandfather´s profession?"

"He was an interpreter and worked for several companies… I don´t exactly know where," answered Andrea before they began to work.

After several hours, they had screened part of the books and manuscripts and decided to take a short break.

While they were sitting in the living room, the first sun rays pierced through the thick layer of fog and suffused it with golden light.

"Who would have expected that the sun would shine today?," said Andrea.

"It´s almost a miracle," answered Christian, and they observed the first birds looking for food on the lawn.

"Let´s get on with it," said Christian after a while and opened a bookcase with thick bundles of manuscripts. After about half an hour, he suddenly stopped to show Andrea a bunch of handwritten pages.

"Look. What´s this?"

"It seems to be a kind of report or diary," answered Andrea.

"Is this manuscript from your father? The handwriting is totally different than in the other papers."

"That´s true. It could be from my grandfather. The yellowed paper and the old-fashioned handwriting also seem to point in that direction. I´m having difficulties deciphering it… The topic seems to be the First World War. Let´s take the manuscript with us. Maybe I´ll try to read it at home."

"There are still some letters. They´re written in a foreign language. It looks like Russian," said Christian.

"Yes, it is Russian. I learned the language at the university once. I would only have to brush up on my knowledge a bit… The letters were written by a certain Nadezhda. This was certainly no friend of my father´s. The letters were probably addressed to my grandfather," answered Andrea.

"I also learned a bit of Russian at the university… Nadezhda means ´hope´."

"Right. Maybe I´ll also have a look at these letters when I have time."

"Was your grandfather ever in Russia for a longer period of time?"

"I think he was stationed in the Ukraine during the First World War. Maybe we can find out more about it."

"Yes, there seem to be some documents… This looks like a soldier´s paybook issued for Lieutenant Carl Mergentheimer. Apparently your grandfather was an interpreter even during the war. Do you know which languages?"

"As far as I know, he was an interpreter for English, French, and Russian."

"Those were exactly the languages that were needed at that time."

"That´s true. He was lucky that he was able to work as an interpreter. It´s possible that it saved his life."

"How old was your grandfather when the First World War ended?"

"He was born in 1888. That means that he was 30 years old… By the way, here´s a photo. This must be my grandfather and his wife. They look like they did in the other pictures that my parents showed me."

The photo showed a medium-sized man with short, dark brown hair and brown eyes in a German army uniform next to a slightly smaller, blonde woman.

"We´re going to take this picture with us as well. It´s the only picture that we've found so far. I don't know what happened to the others."

They put all the documents, papers, and letters into a leather briefcase and continued to work until the early afternoon. While they were having lunch, they looked from the living room into the yard, which was meanwhile illuminated by bright sunlight. After what seemed to be an eternity, the fog had given way to the sun, which flooded the house with a warm light for several hours before the fog returned with the coolness of the evening.

In the early evening hours, Andrea and Christian headed back home from the provincial town in the Rhineland to Frankfurt. Upon arriving at home, Andrea began to have a closer look at her grandfather's papers. It seemed that they described his experiences during the war in 1918 and were based on his diary. While looking through some of the papers, Andrea stopped short, called her husband, and said:

"Christian, look... apparently my grandfather interpreted during the armistice negotiations in the forest of Compiègne. He describes exactly how the German delegation crosses the frontline in a car and is brought to Compiègne in a train. The negotiations are also described in detail."

"That's really a sensation! Historians would for sure be interested."

"That's true. But first I'm going to read through everything myself. I'm slowly getting used to the handwriting... Unfortunately, I probably won't find the time until the next vacation."

"Yes, mine ends in three days as well, and then school is going to start again."

Even though Andrea's work as a high school teacher kept her busy in the weeks to come, she was able to glance at her grandfather's manuscripts from time to time. Only when the Christmas vacation began, however, was she able to study all papers from the beginning to the end and often spent part of the night in the study. During this time, she delved even deeper into her grandfather's world.

The events recorded began early in the year 1918 when her grandfather was on his way from northern France to the Ukraine and stopped to spend a few days at his parents' house in a small town near Aachen.

"Meanwhile, three days have passed since I left Lille, where I had worked for more than two years as an interpreter for the German military administration. During the last night I spent there, I could clearly hear the cannon noise from the front, which was approximately 35 miles away. The fire of the large caliber guns was especially perceptible, forcing me to recall the experiences of the past years, which I relived in my troubled dreams. I saw the ruins of St. Quentin, the soldiers in the military hospital of Cambrai who had been maimed or blinded by gas, the emaciated children, blown-up bridges, cleared forests, and flooded fields. Only after a very long time was I able to get some hours of real sleep before my long journey to Odessa began the next day.

Several days later, I arrived at my parents' house. I slept like a log for the first time in ages even though I still believed that I could hear the noise of the cannons. I thought that this was just a figment of my imagination, but several neighbors told me the next day that the fire of the large cannons could be heard even from this distance as a waxing and waning humming sound on some days with strong westerly winds.

In the afternoon, Elizabeth came whom I had told a week before about my journey. We had not seen each other for six months since my last leave, and one and a half years had passed since our engagement. Like always when I came home on a leave after a longer period of time, my peaceful home country seemed foreign to me, and at the beginning I felt as if I had set foot on a remote planet where many things were completely different from the world of war, which I meanwhile knew so well. In the afternoon we went on a long walk in the February sun, which made the fields shine in strong colors and announced the first warmth of spring. She told me about the experiences of the past months, the hunger, and the frugal meals of turnip soup and war bread. Her parents and the other people showed clear signs of want and privation, but like Elizabeth they had not lost their courage and confidence. Sometimes we laughed about the turnip recipes in the cookbooks, which made even the scantiest lunch out of turnip and potato flour look like a gourmet meal. Soon we talked about our plans for the future, the time after the war, our wedding, and our future family, and I told her about my trip to the Ukraine and my expectations.

"The Ukraine is a totally different country than France," she said.

"Yes, many things are completely different there than here in western Europe, but I know Russia and the Ukraine a little and I'll get along."

"How long will it be until we see each other again?," she asked with an expression of hidden sadness in her voice.

"I'm not sure how long I have to stay in Odessa and no one knows how long the war will last."

"It can't last much longer. There are rumors about an offensive in the west in the near future, which is intended to finish the war, but we've been waiting so long already…"

"Yes, preparations for an attack are underway, but who knows if it will lead to the great breakthrough this time? I'm actually not allowed to say it, but sometimes it looks to me like a last-ditch effort."

"Since the war against Russia is going to end now, most people are full of confidence, but if I look at our food situation, I don't know how long it can continue this way."

"However the war ends, the most important thing is that it´s finally over."

"Yes, that will also be the end of our farewells," said Elizabeth, and we hugged each other knowing that we would have to say goodbye the next day in the hope that we would indeed see each other again.

The next morning, the final farewell came. We were able to spend a few hours beforehand and at the station we hugged each other one last time tenderly and affectionately with an expression of sadness, wistfulness, and hope before a new journey into the unknown began for me.

West of the Rhine, most passengers at the stations were soldiers on their way to the west, while I was travelling in the opposite direction towards a world which I vaguely knew, but which nonetheless remained mysterious. The hills, mountains, and valleys of western Germany shone in the morning sun like a last greeting of my home country on the long way to a distant world. When I changed trains at the Silesian Station in Berlin, I saw how many traces the war had left there. Everywhere I looked, I saw deeply earnest faces which reflected the daily struggle for survival and I met soldiers on crutches or in self-built wheelchairs, who were missing arms or legs. One of them crouched on the platform where my train was scheduled to leave and looked at me with an expression of fear, despair, and madness which revealed his indescribable emotional scars.

In the evening, I got on the train to Odessa, which left after a longer delay. During the night, after we had passed Warsaw, I opened one of the windows in the corridor and looked at the landscape of southern Poland. In the cool air of the clear night, the stars shone in the dark black sky and made the forests and villages appear as part of a world beyond all wars where the ever present horror of death had disappeared. It was one of those moments which make us sense that the human world with all its violent finiteness is only a small island in the ocean of the universe.

In the morning, the train had reached the border of the Ukraine, where the German army was advancing rapidly. At all larger stations, I saw German and Austro-Hungarian soldiers. They got on trains which took them farther and farther to the east, and the dissolving Russian army was not able to stop them.

Towards the evening, we passed the plains of southern Ukraine, whose vastness made farmhouses and villages appear lost like lonely travelers on their way through an infinite landscape. The next morning in Odessa, I reported for duty to the Austro-Hungarian headquarters as an interpreter and liaison officer. The city had been conquered by Austrian troops only a few days ago, and many residents still seemed overwhelmed by the change which had occurred in their city. It was the first time that I saw Odessa with its wide avenues where the first heralds of spring were appearing and the coast of the Black Sea with its vast sand beaches. I was assigned an apartment in the downtown area together with an Austrian officer. It was located not far from the city park on a busy main street. In the past, it had belonged to a Russian merchant, who had left the city before the arrival of the Austro-Hungarian army. It reminded me of the apartments in the upper class sections of large German cities and was equipped very comfortably with a bathroom that had running water. To my great joy, there was a piano in the living room which I began to play during my free time. I had hardly had the opportunity to play the piano during the past several years and seizing this grand opportunity I bought sheet music. I spent several hours per week practicing some Beethoven sonatas and the Fantasia in C major from Schubert, which had been one of my favorite pieces. At the beginning, my fingers were still rather stiff, but after some time the pieces sounded almost like they had in the past, and the music allowed me to forget everyday life in the city for several hours during this time of war and to abandon myself to my dreams like in my youth.

It was my duty to support verbal communication between the Austrian officers and the Ukrainian civil servants. In addition, I had to write reports on the situation in the Ukraine and send them to the German high command. Through this work, I realized very quickly how poor the food supply in the Ukraine was and that the promises of the German high command that the occupation of the Ukraine would improve the nutritional situation of the German population would not materialize. When I looked at the people whom I met in the street, the begging children and the emaciated men and women, I noticed how much hunger and disease had changed their lives, and the reports that I read during the first days showed that typhoid fever and cholera spared only a few families. In the beginning spring, however, the city park of Odessa with its wide paths and large broad-leaved trees appeared like an oasis in the middle of war and starvation, which made me think of Elizabeth, my family, and a better time at home.

The Austrian officer with whom I worked was Major Heindl. He was a tall, dark-haired man in his mid-forties and one of the officers who was responsible for the control of the municipal administration. He had spent a long time in Galicia and the Ukraine. In Odessa, he knew some families which shared his love for music just as I did. One evening he told me that a Jewish teacher and his wife had invited him to his home. They had a daughter who wanted to become a pianist and he asked me if I wanted to come with him two days later. I gladly accepted the invitation especially since I did not yet know the city and hoped that such occasions would help me to get to know the people better. Major Heindl had considerably more contact with his officer comrades than I did. However, he did not share their anti-Semitism, which was also spreading in the German army as decisive successes on the western front were not materializing.

We met in his office shortly before eight o´clock that night. During the days before, it had become warmer and warmer, and the sea wind of the spring reminded me of the coasts and the cities of southern France and Italy. About a quarter of an hour after we had left, we reached a house in a side street, passed an arch and a courtyard and climbed the stairs up to the fifth floor. After we had knocked, a small, dark-haired man of about forty opened the door and asked us to come in while his wife was setting the table.

"Welcome," he said. Major Heindl thanked him for the invitation and introduced me.

"Mr. Goldstein, this is Lieutenant Mergentheimer, whom I had already mentioned before."

After Mr. Goldstein had greeted me, he called his daughter from the adjoining room and said:

"Nadezhda, this is Major Heindl and Lieutenant Mergentheimer. They are our guests tonight."

Nadezhda smiled briefly and shook my hand. She was about 20 years old, petite, and had dark brown eyes and long, black, slightly curly hair.

After several moments, her mother came, a short woman with long black hair and brown eyes, and asked us to take a seat.

"I´m sorry that we can´t offer you anything better than this soup and a little bit of bread, but it was all we could find," she said.

"Oh God," answered Major Heindl, "you don´t have to justify yourself. We know what the food situation is like and sincerely appreciate your invitation. As soon as I can organize a larger food ration, I´ll show my gratitude and share it with you. But now please tell us how you and your family are doing."

"Apart from the scarcity of food, actually quite well. Now that the chaos of the past weeks and months is over, our students are attending classes regularly again, and we are no longer harassed as much as in the past," said Mr. Goldstein.

"In the past, your situation must really have been abominable."

"That´s true…," he answered and lowered his head. We clearly sensed that our hosts did not want to talk about these experiences and addressed other issues. As I found out from the conversations, the Goldsteins also had a son who was a soldier and had to leave the Ukraine with the retreating Russian army. His parents were extremely worried about him and did not know whether they would see him again because they had not had any news from him in weeks.

Nadezhda had listened intently during the entire conversation, but she had not said one word. Finally, Major Heindl decided to break the ice:

"Nadezhda, how is your pianist career developing?"

She smiled briefly:

"I play whenever I can and hope that I´ll get a place at the conservatory next year."

"Would you like to play something for our guests before they leave?," her mother eventually asked.

Nadezhda got up immediately, went to the piano next door and played several `Moments musicaux´ from Schubert. I had frequently played these pieces myself, but when she played them, they sounded more profound and more expressive than I had ever heard them before.

When she returned to the living room, Major Heindl could not hold back:

"Nadezhda, you´re the perfect pianist."

Nadezhda smiled.

"Thank you for the compliment," she said. "But unfortunately I'm not so far yet."

"But almost," answered Major Heindl.

"Nadezhda is a very mysterious person," Major Heindl said after we had said goodbye to the Goldsteins. "You never know what is going on inside her. You can only sense it when you hear her play the piano."

The next day, I read the German and Austrian war bulletins of the past week at headquarters. The first days of the German offensive in France had obviously been very successful, but now the attack had apparently come to a halt. My doubts, which had been gnawing at me for weeks on end, began to grow. I had the impression that the effect of the American intervention was still being underestimated while our reserves were continually being depleted. Many Germans believed that far more soldiers were available for the offensive in the west after the end of the war against Russia. The fact was, however, that mostly older soldiers were stationed here. I was one of the youngest in our unit. Even though we never talked openly about it, I had the impression that Major Heindl shared my opinion and that most of us were longing for the war to come to an end like the Russians and the Ukrainians.

At night, I read a letter from Elizabeth, the first one since my arrival in Odessa one and a half weeks ago. She wrote to me that her mother had been suffering from pneumonia for several days and that she was very weak due to poor nutrition. They were subsisting almost exclusively on turnips and watery soup.

I answered her the same evening and promised her that I would try to get sent to the west as soon as possible in order not to leave her alone in this situation. No one knew, however, if and when I would be able to get a transfer.

Days and weeks passed while I was continuously worrying about Elizabeth and my family. Only my occasional walks through the city park and on the beach offered me some form of distraction from my depressing thoughts. Spring was now further advanced, and the trees in the wide avenues were displaying their first leaves and blossoms.

One day in April, I noticed a young woman with dark hair coming towards me from a distance while I was strolling through the park. Her appearance and the way she moved reminded me of someone I had seen before. When I came closer, I realized that it was Nadezhda. She also recognized me immediately and even remembered my name. I asked her whether she was on her way home.

"Yes," she said, "I bought the few things that I could get for my family."

"How is your family doing?," I asked.

"So-so… My father is sick. It looks like the flu. He's rather weak."

"I'm sorry to hear that. Are you still playing the piano?"

"Yes, seven to eight hours every day."

"You want to become a pianist…"

"Yes, that's my big dream… But sometimes I've got my doubts even though my parents and in particular my mother have great hopes for my career."

"I'm sure that you're going to make it. By the way, I still almost have a guilty conscience because you invited us for dinner even though you urgently need the food."

"No problem," said Nadezhda with a smile. "You don't have to have a guilty conscience."

"At least I would like to bring you and your family some food. I can organize it more easily."

"That's very kind of you," answered Nadezhda.

"Would Sunday evening suit you?"

"Yes, of course. I´m almost always at home."

We said goodbye to each other and I continued walking through the park for a while. I passed a small lake and reached the exit following narrow, winding paths. From there, it was only a short distance to my apartment.

Two days later, on a late Sunday afternoon, I went to Nadezhda´s house. Even though food was becoming scarcer, even for us officers, I had still been able to buy at least bread and tea, as well as some cheese and butter, things most civilians could only dream of.

When I rang the doorbell, Nadezhda´s mother opened the door.

"Please come in," she said. "Nadezhda told me that you were going to come. She´ll soon be done practicing. Feel free to go next door."

I put my bags down and went to the adjoining room.

Nadezhda was playing the ´Campanella´ étude from Franz Liszt, which I knew quite well. However, she was playing it at a speed and with a precision which I could never reach. It was breathtaking to observe her concentration while she was playing and how she did not allow anything to distract her.

When she had finished, she turned around to face me.

"Good evening. It´s nice to see you. I´m sorry I didn´t welcome you right away, but when I play it´s as if I were in my own world, and I hardly notice what is happening around me."

"You´re really a perfect pianist," I said. "Major Heindl is certainly right."

"I don´t know… It´s a matter of daily practice. I´ve no idea how often I´ve played this piece."

"As I promised, I brought some provisions for you and your family. How is your father doing?"

"Somewhat better. At the moment, he´s sleeping. His fever

has decreased slightly. Unfortunately, he has got diarrhea now. We hope that it´s not typhoid fever."

When I was ready to say goodbye, Nadezhda´s mother came, thanked me for the things I had bought, and asked me whether I wanted to stay for dinner. I gladly accepted the invitation, and we went into the living room where the table had already been set.

Nadezhda asked me to tell her about my experiences in the war, and I described my life as an interpreter in France.

"How long are you going to stay here in the Ukraine?," she finally asked me.

"I don´t know. Probably until the war ends."

Then I asked her about her father´s profession.

"He´s a teacher at a school which prepares Jewish students for the university entrance exam. Maybe you know that Jewish students aren´t allowed to attend the academic schools for Russian children."

"Yes, I know. Their situation isn´t easy. How long have you been living in Odessa?"

"For about seven years. Before that, we lived in Kiev. Then we moved here because we hoped that the situation would be better here. Actually, my parents dream about emigrating to America, but it isn´t that easy. Who knows… If I really get a place at the conservatory and become a pianist, it might help us."

"I´m convinced that you´re going to make it," I said.

"Thanks," answered Nadezhda with a smile that briefly showed her happiness.

"I think it´s time for me to go home. Your father certainly needs to rest and sleep."

"That´s true… But I would be glad to see you again."

"Unfortunately, I won´t have a free day within the next two weeks, but afterwards I´ll certainly be able to arrange it."

"Just stop by. I´m generally at home anyway and busy practicing or doing housework."

"Then we´ll see each other in about two weeks," I answered and shook her hand, saying goodbye.

"I´ll see you soon," she said looking into my eyes.

On the way home, the last rays of the setting sun were illuminating the white façades of the houses in the wide avenues of the city center and suffused them with a soft, reddish light. I thought of Nadezhda´s father and hoped that his illness would not become worse, and I thought of Elizabeth and her family who, though thousands of miles away, were in a similar situation as Nadezhda and her father.

Meanwhile the atmosphere among my comrades was no longer as hopeful as it had been several weeks before at the start of the German offensive in France. We had been receiving more and more news which showed that the attack had come to a standstill and that a breakthrough appeared unlikely. The daily war bulletins indicated that the German high command was desperately trying to break through the allied front at several places although it had no plan what to do if these attempts were successful. Major Heindl also seemed to be plagued by our critical situation:

"I don´t think that Austria can hold out much longer. If the Germans aren´t successful, we´ll lose the war."

Elizabeth´s second letter, which I had eagerly awaited, arrived after what felt like an eternity to me. She wrote that her mother was slightly better and that she was busy all day taking care of her and the household. I could not do much more but try to comfort her because unfortunately it did not look as if I would return in the near future.

A total of three weeks passed until I saw Nadezhda again. Her father's condition had meanwhile improved considerably, and he was able to get up. I had brought more provisions for Nadezhda's family, and I saw how happy this gift made her and her parents.

I asked her whether she was already finished practicing.

"Actually I'm not," she answered, "but when we have guests, I can make an exception…"

"No, keep playing, I really enjoy listening to you."

"Well," she answered, "I'll play one more piece. Then I can stop for today."

She sat down and played the Fantasia in C major from Robert Schumann. She seemed like lost in her own world again, which appeared unfathomable, mysterious, and entirely different from the realm of everyday life and reality, where one only rarely sensed the existence of this world inside her.

"Would you like to take a walk?," she asked when she was finished. "I haven't left this apartment yet today and urgently need some fresh air."

"Of course," I answered.

We said goodbye to her parents and walked through Odessa's wide avenues down to the sea, passing the houses of the city center with their sumptuous white façades and red roofs.

"I'm so happy to be out of the house for a change," said Nadezhda. "The audition is going to take place in a few months, and I practice almost all day. In addition, I have to do a large part of the housework. Order, cleanliness, and discipline are very important to my mother, and if something is not exactly the way she is used to it and expects it, she becomes upset and yells at me. Sometimes I can hardly stand it at home."

"I can understand that," I answered. "My father often behaves the same way, and I was glad when I left home to go to the university."

"Where did you study?"

"In Heidelberg."

"That's a beautiful city. I've never been there, but I've heard and read about it."

"Odessa is at least as beautiful as Heidelberg."

"I don't know…, but in any case it's different."

"You lived in Kiev before and then moved here…"

"Yes, about seven years ago. At that time, the Jews in Kiev were threatened and had to expect the worst. It was the time of the so-called Beilis affair. Maybe you've heard about it."

"Yes, the assassination of a 12 year old boy was made appear like a case of so-called ritual murder."

"Right. My parents felt threatened at that time, and as a 13 year old girl I also feared that something terrible might happen and that we might be killed. That's why we moved to Odessa where the atmosphere is slightly more tolerant even though there were pogroms here as well. However, the situation here may be better, but it's still difficult. The Jews aren't allowed to attend Russian schools and have to pass a university entrance exam if they want to study. In addition, the number of Jewish students at the universities is strictly limited. That's why I'm using the few months that I have in order to prepare for the audition. Maybe this will really help us to realize our plan and to emigrate to America. It's mostly my mother who has high hopes for my career because she says that we can't stay here for long. She's probably right. This and the constant stress after our experiences in Kiev are probably the reasons why she yells at me all the time. It's hard for me to stop thinking about death and dying as well. Sometimes I have nightmares where strangers break into our house and set it on fire so that we burn in it. This really happened in other places. Then I wake up in a cold sweat and hope that it will all be over at one point and that we´ll find a place where we are really at home."

"I sincerely hope that you´ll make it and be able to leave here soon. I read quite a bit in the newspaper about the situation of the Jews in the Ukraine, but it makes a big difference if you only read something or if people tell you about it from their own experience. In Germany, anti-Semitism isn´t quite as strong yet, but I sense that some of my comrades blame the Jews when the war develops unfavorably for Germany. I don´t know what would happen if the Germans lost the war, which currently seems very likely. Like elsewhere, people in Germany are willing to believe all kinds of nonsense if the situation favors such lies… But we shouldn´t speculate too much about that. It certainly wouldn´t raise your spirits."

It had meanwhile become almost completely dark. The clouds were illuminated by the last sun rays before dusk, while a light, cool breeze blew from the sea. We walked along the beach in silence for a while. Nadezhda seemed absorbed in her dreams and thoughts, and I also thought of Elizabeth and my life at home.

"Are you married?," she asked me, suddenly bringing me back to the present.

"Not yet, but I´m engaged," and I went on to tell her about Elizabeth and the plans for our wedding.

"I´m glad to hear that… I also have a boyfriend, but we only see each other once in a while. He´s studying medicine at the university, and I´m busy all day long. In addition, he´s not Jewish like us, so it´s not exactly my parents´ dream. I always think of him when I play that piece from Schumann."

"I sense that. You play it more beautifully than any other pianist who I´ve heard it play so far."

"Thanks," answered Nadezhda, blushing slightly. "My God," she said suddenly, "it´s already 9 o´clock. I should have been home a long time ago. My mother will certainly be upset when I get back."

"It won´t take long until we´re there," I replied, and we started to walk back through the dark streets of Odessa, which were only poorly lit by a few dim street lights.

Upon arriving at her parents´ house, we said goodbye to each other and I promised her that I would come and see her again when I had some time.

On the way back to my apartment, I took a detour, enjoying the cool air of the summer evening. I thought of Nadezhda and our walk, and like in the past I felt that we had something very important in common even though I did not know what it was.

During the next weeks, the atmosphere at headquarters began to deteriorate. The news from the western front clearly showed that Germany could not win the war. Rumors were rife that Ludendorff had called August 8th the ´black day of the German army´ and had had a nervous breakdown faced with an apparently inevitable defeat. In the coming days, we heard that an armistice was set to be prepared.

At times I also talked to Major Heindl about the situation. He shared my opinion that the end of the war was only a question of weeks or at most a few months. I also told him about my visits at Nadezhda´s house.

"I´ve already heard about it," he said. "I´m glad that you get along so well. In addition, her parents look forward to receiving some food."

I asked him whether he knew the story of Nadezhda´s family.

"Of course," he answered. "Nadezhda´s parents told me everything. Anti-Semitism is also spreading like wildfire at home in Vienna. There are so many people who are willing to believe this nonsense. Who knows what might happen when the war is over…"

I got several letters from Elizabeth during this time. She told me that her mother was doing better even though she had not yet entirely recovered. She also wrote that the people in Germany were hopeful that the war would end soon and that rumors about a ceasefire had spread everywhere. At the same time, however, she told me that food was still very scarce and that she and her family had only managed not to become too emaciated since they had their own garden where they were able to harvest fruit and vegetables. I answered that I was full of hope that the end of the war was finally in sight after all these years and that I would soon be able to return home.

In mid-September I saw Nadezhda again. We again went for a walk along the beach and through the streets of Odessa on a warm late summer evening. She told me that her father had recovered and we talked about the war, which was likely to end soon.

"To be honest, I believe that Germany will lose the war," I said. "This means that the Austrians and the Germans are also going to leave the Ukraine."

"Who knows what might come afterwards and what this might mean for us?," answered Nadezhda full of worries. "Maybe there will be a civil war or new pogroms."

"My God, I hope not," I answered. "In any case, I'll try to stay in contact with you."

"Thank you," said Nadezhda. "It will for sure not be easy because nobody knows what might happen and where we might have to flee to. But even if it takes long, you will hear from me no matter how things continue."

"How is your brother doing? Did you hear from him?"

"No, unfortunately not. He's in the Red Army and left the Ukraine with his unit. We don't know where he is and what will happen once the Austrians are gone. We hope that we'll see him again."

"I really don't envy you at all," I said. "Our situation is difficult enough, but yours is far worse. In Germany, the war is going to end, and even if the time after the war is difficult, it is clear that it's going to get better afterwards."

After a while I asked her, "When is your audition going to take place?"

"In three months. But who knows what might happen by then?"

"I have no doubt that you're going to make it sooner or later no matter what happens."

For a while, we looked out over the Black Sea, whose waves were higher than usual on this day as the wind was becoming stronger. Then we began to walk back to Nadezhda's house, where her mother was waiting for her impatiently.

In the following weeks, we received news from Germany almost every day. Everything indicated that the conclusion of an armistice was approaching. We heard about an exchange of diplomatic notes with the President of the United States, during which Germany had to make a lot of concessions, and I heard from Major Heindl that Austria was about to surrender, which meant that Germany's situation would deteriorate further. At the end of October it became clear to me that I would probably not stay in the Ukraine much longer. I was relieved because I knew that it would not take long until the war ended and I returned home. Deep in my soul, however, I also felt some regret because I sensed that I would miss Nadezhda and knew that the time in Odessa would always remain vivid in my mind.

On October 31st, Major Heindl told me that Hungary had declared its independence. This meant that the dual monarchy no longer existed and that I would leave Odessa in the weeks to come along with the Austrian troops.

A few days later, on the morning of November 4th, Major Heindl called me, and I received the order to report to my superiors in Berlin by November 6th at 12 noon. He informed me that I had been selected to participate in the armistice negotiations between Germany and the allies as an interpreter. The suggestion came from General von Winterfeldt, whom I had got to know in the summer of 1914 when he was the German military attaché in Paris. He knew that I had spent two years in France and in England during my studies and that I had a lot of experience as an interpreter. For this reason, he had proposed me for this task.

This very short deadline meant that I had to leave immediately in order to catch the train to Berlin within two hours. I did not have much time to pack my belongings and take my bag to the station where I left it under the watchful eyes of a guard until the train left. I decided to use the last 45 minutes to say goodbye to Nadezhda and went to her parents´ house, which was not all too far from the station. When I rang the doorbell, she opened the door and was both happy and surprised to see me.

"Today, I got the order to travel to Berlin in order to interpret during the armistice negotiations," I said. "This means that I´ve got to leave in half an hour. My bag is already at the station."

For a moment, Nadezhda´s eyes reflected deep sadness even though she did not show these feelings openly.

"I´m sorry to hear that you have to leave Odessa already," she said.

"Yes", I answered. "A few hours ago, I wouldn´t have expected that it would happen so quickly. I had hoped that we would still see each other several times before I had to go."

"You know what I promised you in September… You´ll for sure hear from me even if it takes a long time. I don´t know how things will continue after the Austrians leave. Of course, my parents and I hope that we'll soon be able to emigrate to America. At the moment, however, things aren't looking very optimistic, but maybe I'll at least be able to begin to study music."

"I hope that all will go well," I answered. We stood at the door in silence and lost in thought.

"I have to go now… I'm sorry," I said, breaking the silence and hugging her tightly.

"I'll always think of you," she said.

"I'll think of you, too," I replied and waved goodbye to her when I ran down the stairs.

I did not have much time left and arrived at the station just in time to get my bag and board the train.

As the train pulled out of the station, images of my time in Odessa swept through my mind: the city center in the spring, my encounter with Nadezhda, our walks on the beach, and our farewell which, I hoped, would not be forever.

It was a sunny November day, which suffused the landscape of the Southern Ukraine with a warm light and aroused memories of my ride to Odessa eight months ago. Despite all nostalgia, however, I was glad that the war was now going to come to an end. I used the long ride in order to write a letter to Elizabeth. I told her that I was on my way to the armistice negotiations and that I would hopefully return home soon.

Later, when the train reached Poland, I learned from the conversations between travelers in the crowded compartments that the revolutionary uproar in Germany, which I had already heard of in Odessa, was spreading to more and more cities and that the abdication of the emperor was only a matter of time. Deep down I was glad about this development because I believed that a profound change was necessary in Germany in order to prevent a second, possibly even more devastating world war.

Upon arriving in Berlin, I noticed immediately that a lot had become different in Germany since I had left in March. Demonstrators with flags of the Spartacus League and delegations of sailors gathered in the streets and it was apparent that a revolution was imminent. Shortly afterwards I reached the special train which was intended to take the members of the armistice delegation with all officers, interpreters, stenographers, and other personnel to Spa, where the ride to the venue of the negotiations would begin. I greeted General von Winterfeldt, a tall man in his fifties with a distinctive moustache, who recognized me immediately. He had been asked only shortly before to take part in the negotiations. I knew from my encounters with him that he was fluent in French and had had good relations with members of the French government and the general staff before the war. For this reason, the government and the emperor had chosen him as a member of the delegation. He told me that no one knew where in France the negotiations would take place and that we would know more only after our arrival in Spa.

He also mentioned that it was very important to the German government that the delegation was headed by a democratic politician instead of an officer because the allies had made it clear that they would not conclude peace with the old imperial politicians and officers and also because the government hoped that a democratic politician would be able to negotiate better conditions for an armistice. For this reason, Secretary of State Matthias Erzberger, whose name I knew from the newspaper, had been appointed as head of the armistice delegation just a few days before. General von Winterfeldt informed me that another officer was actually intended to participate in the negotiations and that he would clearly have preferred that, but because he knew some French politicians and members of the general staff personally he had nevertheless been chosen. He mentioned that French President Raymond Poincaré and

Marshal Joffre had visited him in the hospital during his time in Paris and that such personal contacts could possibly be useful during the negotiations. At the same time, however, I noticed that he doubted whether the conditions for the armistice would really be as mild as the German government hoped.

Meanwhile, Secretary of State Erzberger and the two other delegation members, Count Alfred von Oberndorff, the representative of the Foreign Office, and Captain Ernst Vanselow, had arrived. Erzberger, a stout man of about 45 years with a round face, greeted General von Winterfeldt. He appeared surprisingly calm and optimistic although he was not able to hide the significant tension that he felt entirely. I overheard him talking to General von Winterfeldt at one point. He had hoped right up until the last minute that he would not have to negotiate with Marshal Foch, but no one else had wanted to assume this responsibility. He believed that he had no right to shirk this duty and was apparently aware of the danger that went hand-in-hand with the responsibility for the armistice. At around five o'clock, after he had received the last documents, the train started moving while all familiar contours of the city slowly dissolved in the beginning darkness of the foggy November evening.

The other interpreter on the train was Captain von Helldorf, an officer who had worked at the German embassy in France for several years. He told me about the time he had spent in Paris, and we talked about our experiences in France in general. I had also studied at the Sorbonne for one year and had gotten to know large parts of France during that time. Captain von Helldorf proved to be as big a Francophile as I was. He spoke enthusiastically about Brittany with its cliffs and rocky beaches, the Pointe du Raz and the vast ocean, the waves, and the continuously blowing wind, while I reminisced about my rides to northern France, Normandy, and Rouen in the fall of 1909.

After a while, Count Oberndorff sat down next to us and

asked us to share our stories about France. In return, he told us about Madrid and Brussels, where he had spent many years. I soon discovered that he had also studied in Heidelberg and came from that region. Strangely enough I even recalled some old professors whose lectures on French literature we had both attended. We were both avid readers of Flaubert, Zola, and Baudelaire and had fond memories of Heidelberg where I had gone on many walks through the old city center and to the surrounding mountains.

Later, after we had already crossed the Rhine in the middle of the night, General von Winterfeldt called us and asked me and Captain von Helldorf for our attention.

"Secretary of State Erzberger and I don´t know what awaits us. The only thing we know for sure is that we´re going to negotiate with Marshal Foch and that British officers are going to be present. It´s unclear whether Americans, Belgians, or Italians will also participate in the negotiations. I don´t think so, but I would nevertheless like to ask you whether you could also act as interpreters for Italian if necessary."

My own knowledge of Italian was sufficient, and Captain von Helldorf and Count Oberndorff indicated that they knew the language from their time in France and Spain.

"Do you know where we´re going to cross the French lines?," asked Captain von Helldorf.

"No, unfortunately not," answered General von Winterfeldt. "We´re still waiting for a radio message from Marshal Foch. I hope that we´ll know more when we arrive in Spa."

After this conversation, we all decided to rest a bit in order to be prepared for the coming days. We knew that we would find only little sleep in the time to come.

Shortly before I fell asleep, I thought of Elizabeth, who did not know that I was not far from her and where my journey would take me.

Our nap was short because just a few hours later we reached Spa where a large delegation was already awaiting us at the German headquarters. It was obviously planned that many officers and specialists for detail questions would travel with us to the venue of the negotiations. However, Secretary of State Erzberger refused to take all these officers to France with him because he believed that the French would be irritated by the presence of so much military personnel and that it would be better if the negotiations were led predominantly by politicians and diplomats. Field Marshal von Hindenburg delivered a short address and said that it was probably the first time in history that politicians and not officers negotiated an armistice. He assured us, however, that he did not have anything against it and wished the German delegation much success. His facial expression was impenetrable, but he did not seem depressed, which I would have thought given the defeat. Instead, he gave me the impression that the events had developed exactly the way he had planned and expected. I felt clearly that it was his goal to hold the democratic politicians responsible for Germany's defeat and that he sensed this strategy would be successful.

At the end of the meeting, we took a short walk through Spa. Count Oberndorff and Captain von Helldorf knew the small health resort quite well, and I had also been there once with my parents many years ago. We crossed the park with its old, tall trees, which reminded me of the avenues of Odessa and Nadezhda, whose fate was now more uncertain than ever before. Afterwards, we walked through the alleys with their black cobblestones, which were bordered by low houses. I sensed that Count Oberndorff and General von Winterfeldt felt slightly tense because no one knew where our journey would lead us and what would await us. At least we had been told shortly before that we would cross the front near the town of Chimay not far from the border between France and Belgium. However, no one knew the route that we were going to take afterwards and where our encounter with Marshal Foch would take place.

At around noontime, we began our ride into the unknown in five cars. Captain von Helldorf, a stenographer, and I were sitting in the fourth vehicle when we left Spa headed towards the French border. A light rain was falling. Suddenly I saw that the first car with Secretary of State Erzberger and Count Oberndorff started to skid on the wet cobblestone pavement. The driver soon lost control of the vehicle and it crashed into the façade of a house. The second vehicle could not stop in time to avoid an accident and collided with the first one. We scrambled out of our car, fearing the worst for the passengers in the first vehicle. Miraculously, Erzberger and Count Oberndorff had not suffered any injuries even though the windshield had burst and numerous glass splinters were lying around in the interior of the car. Erzberger, determined not to let anything get in his way, got into the second vehicle and Count Oberndorff joined the passengers in our car before we continued our ride.

Count Oberndorff seemed very relaxed despite the accident. During the ride he told us that Secretary of State Erzberger had recently lost his only son due to the Spanish flu, which was rapidly spreading everywhere. He said that this event had deeply shaken him, but that his profound Christian faith helped him to cope with the loss and made it easier for him not to lose hope.

While we were driving towards the French border, we encountered long rows of marching German soldiers, who were withdrawing towards the north and the east with their units. They appeared very disciplined, but they also showed clear signs of complete exhaustion. Some faces seemed apathetic, others deeply desperate. Obviously, they had all been marching for several hours because their uniforms were soaked and covered in a thick layer of mud. Quite a few of them were injured, and the wounds on their heads, arms, and legs were covered only by makeshift bandages.

When darkness fell, we had reached Chimay where our ride ended for the time being. The road was blocked off and vehicles could not pass in order to facilitate the retreat of German troops. Secretary of State Erzberger tried to make the officers in charge aware of the urgency of the situation. He pointed out that every hour counted given the situation of the German army and that any delay in the conclusion of the armistice had to be avoided at all costs. After some tough negotiating, he was finally able to convince them and we were able to go on to the neighboring town of Trelon after three quarters of an hour. From there, we intended to drive to the frontline.

Before leaving Trelon, General von Winterfeldt took a long cardboard pipe, wrapped a bed sheet around it and attached it to the front of the first car in our convoy. At the same time, we were waiting for a trumpeter, who was intended to signalize our arrival to the French during the ride so that we would not accidentally be fired upon. During this short break, several soldiers who were having a brief rest in Trelon on their march back came and asked us where we were going.

"We're on our way to the armistice negotiations… God alone knows where," said General von Winterfeldt.

An officer replied, "I hope that it won't take too long. In many units, nine out of ten soldiers are dead, injured, or have been captured by the enemy. This morning alone, ten of my soldiers were killed by artillery fire during combat."

General von Winterfeldt briefly looked into his eyes and answered, "We're going to do what we can."

The officer wished him good luck before the small group continued on its way.

Meanwhile, all the preparations had been completed and shortly afterwards we headed towards the frontline. It was already pitch dark, and a slight fog had developed in the humid air of the cold November evening, suffusing the isolated, tree-lined road with a mysterious gray light. It was as though we were lost in a vast space without an origin and a goal. The closer we came to the front, the more we saw the traces left by the combats: burned ruins of houses without roofs, destroyed cannons, and shell craters which had filled with rain water from the past days. I knew from the reports of my comrades that these craters were often several yards deep and that soldiers who had fallen into them or had sought refuge there under fire frequently drowned because they could not free themselves when the water level rose quickly in heavy rain.

After having passed the last German outposts, we drove on, barely at a walking pace, which allowed me to have a closer look at the landscape on both sides of the road. The drumfire had been so violent that the road was bordered by a long row of water-filled shell craters and splintered tree stumps. It was an eerie nocturnal swamp landscape and we felt the horror hidden in it.

Suddenly we stopped. General von Winterfeldt got out of the first car indicating that we had to turn around because we had not heard any trumpet signals from the French side and therefore did not know for sure whether the French had noticed that we were coming. We returned and made a second attempt shortly afterwards. This time we heard quiet trumpet sounds while we were approaching the French lines and continued our ride. It only took about two minutes until we finally saw the first French soldiers approaching the first car where Secretary of State Erzberger was seated.

Two French officers got into the vehicle and we proceeded to La Capelle, where many civilians quickly gathered around our cars. Obviously rumors had spread that a German armistice delegation was on its way. The people were amazingly disciplined and reserved, and surprisingly no one made an attempt to harass or threaten us. In a villa on the outskirts of the town, other French officers were waiting for us and asked us to get into their cars. Count Oberndorff asked the officer who accompanied us where we were going, but he could not or did not want to tell us the destination of our journey. Instead, he only briefly mentioned that we would get onto a train soon, which would take us to the venue of the negotiations.

We continued our ride on isolated roads as the fog was becoming denser and the forests and the rain-flooded fields were shrouded in a thick mist. At around one o'clock, we finally reached a remote farm which partially lay in ruins. The stables were blackened by soot and parts of their walls had collapsed. The well was entirely destroyed, and one of the French officers who accompanied us told us that it had probably been poisoned by German soldiers like many of the wells in this area. Since rubble and heaps of soil had pent up the water in several drain channels, the farm was surrounded by flooded fields like an island in the middle of an ocean left by God and all human beings. Even though the residential building was largely undamaged, it was dark and ice cold in the humidity of the November night despite the burning fire. A simple meal had been prepared for us, but the French soldiers and the members of our escort hardly spoke a word even though Captain von Helldorf and I tried to talk to them several times. A French general just briefly appeared to inform Erzberger and General von Winterfeldt that Marshal Foch was ready to open the negotiations.

We left in half an hour. During the ride, I had the impression that we were apparently driving through north-eastern France without a clear destination. Nevertheless we finally reached the ruins of a small town at around four in the morning. The streets were lined with heaps of rubble from which the façades of houses torn by shells rose in some places. Our vehicle convoy resembled a ghostly funeral procession in the middle of a landscape of death illuminated by pale moonlight.

"Where are we?," asked Count Oberndorff.

"In Tergnier," answered the French officer who had accompanied us.

"Where is that?"

"About 20 miles west of Laon. There used to be a small town here."

Several minutes later, we stopped at a railroad track surrounded by rubble where a train consisting of a parlor car, a dining car, and a sleeping car was waiting. Silence reigned as we got off and worked our way through the ruins illuminated by torches. In the flickering light, it appeared as if their shadows wanted to conjure up the spirits of the dead. No one said a word. No sound was to be heard and no movement to be seen. It seemed that even the rats had left this remote, isolated place a long time ago.

"About 4,000 people used to live here before the Germans deported all men in 1914 and later destroyed the entire town with systematic precision during their retreat," a French officer said, breaking the silence.

On the train, Count Oberndorff noticed that the first car, whose walls were covered with green velvet, had obviously been the parlor car of Napoleon III, as the initial ´N´ showed, which was embossed in the velvet cover as a coat of arms. The sleeping car was at the end of the train. We retreated there immediately in order to rest for several hours before the beginning of the negotiations. As we were pulling out of Tergnier, I saw the ruins of the canal of St. Quentin. There was a 90 feet gap in its embankment, through which the water had drained. In some places, the empty canal was filled with rubble and all the bridges had collapsed. Only the wrecks of crushed barges half buried under debris rose from the bed of the canal like a symbol of the end of all human civilization.

I pulled the curtain and tried to get some sleep, but I was not really able to rest. Again and again, impressions of my time in northern France appeared in my dreams, which were interrupted by the noises and movements of the train: memories of the deportation of the residents of Lille in the year 1916, which I experienced as an interpreter, and the destroyed, flooded coal mines of north-eastern France. It took me a long time, but I finally fell into a slightly deeper sleep, from which I awoke when the train stopped at dawn.

It was around seven o´clock when I opened the curtain and looked outside into the gray landscape covered by patches of fog. We were in a forest whose tall, bald broad-leaved trees were covered by slight frost as was the ground. Our train had stopped in a curve, and when I looked out of the window on the other side, I noticed that another train was standing on a track which was also curved and facing away from us. Both trains were approximately 100 yards apart. They were connected by a narrow path overgrown by dense brushwood, which was hardly passable.

Count Oberndorff asked a soldier of the French escort where we were.

"I don´t know," he answered. "But I know the train back there. That´s the train of Marshal Foch. It´s his headquarters."

I vaguely knew the region because I had often made trips to the outskirts and the surroundings of the city during my time in Paris. Like Count Oberndorff I believed that we were near Compiègne.

About two hours later, at around nine o´clock, we received the message that the negotiations should begin in an hour. The tension in the German delegation was tangible because no one knew what was awaiting us. In particular, we did not know who exactly our negotiation partners would be and how Marshal Foch would treat us. Count Oberndorff and General von Winterfeldt knew little about him except that he was born in southern France, had served as an officer in the Franco-German war and had later been director of the French military academy. However, both seemed to fear that the conditions of the armistice would be more severe than many had hoped and expected even if no one expressed this concern openly.

Shortly before ten o´clock, we left our railroad car and went to the opposite track where the second train stood. Due to the humidity of the fog, the frost had formed a thick layer of ice crystals in some places, which appeared like an implacable harbinger of a long, harsh winter. No one spoke a word. The crunching of the frozen soil under our feet and the cawing of a few crows flying around were the only noises that we heard until we reached a dining car converted into a parlor car, whose door was opened from the inside. Soon, we entered a large compartment covered in teak wood. In the center of this compartment there was a table approximately three yards in length with a grained light brown tabletop, which was lined on each side with four chairs. The rear part of the compartment where French guards stood was separated by a wall with glass panes. Small cards on the table marked the places of the delegates. The third chair from the left was reserved for Secretary of State Erzberger. Count Oberndorff was intended to sit on his right side while the seats on the left were marked for General von Winterfeldt and Captain Vanselow. The interpreters stood at the end of the table. I took my place alongside Captain von Helldorf in order to be available as an additional interpreter.

Shortly afterwards we heard steps. The French guards stood at attention when a small man with a bushy moustache entered the railroad car followed by another officer in a French army uniform and several naval officers. After the allied delegation had lined up behind the chairs on the other side of the table, Marshal Foch introduced himself, bowed slightly, and presented the other officers: British First Sea Lord Rosslyn Wemyss, Admiral Hope, French Chief of Staff Maxime Weygand, French interpreter Lieutenant Laperche, and his British colleague Bagot. Afterwards Erzberger introduced the members of the German delegation and handed over their authorization. Marshal Foch took the documents and went into the separated area of the compartment with the allied delegation, where they closely examined the papers. While he was talking to the interpreter and the French chief of staff, his gestures clearly showed strong awareness of power and authority, which did not tolerate any contradiction. Admiral Wemyss, a medium-sized man around the age of 55, only had a brief look at the documents and seemed to give his consent.

Finally all officers returned to the large negotiation compartment, and Marshal Foch asked the German delegation to take a seat. He then addressed Secretary of State Erzberger.

"Gentlemen, why have you come to see me? What can I do for you?," he asked.

"We have come in order to receive the allied proposals for an armistice on all fronts," Erzberger replied.

After a short pause during which a heavy silence made the tension in his hard facial features even more apparent, Marshal Foch gave his reply.

"I can't make any proposals. The German delegation can only familiarize itself with the conditions of the armistice. Germany can accept or refuse them. There is no other way," he said sharply.

These words must have hit Erzberger hard because they destroyed all hopes for mild armistice conditions. Nonetheless he appeared amazingly calm and based his reply on the latest note of President Wilson, which Count Oberndorff read in English.

"In his note, President Wilson expressly uses the term 'conditions'. These conditions are by no means the object of negotiations. Germany only has the choice between acceptance and refusal. Are you willing to request an armistice under these conditions?," Marshal Foch asked.

"Yes, please inform us about the conditions of the armistice," Erzberger replied after a moment of hesitation.

"General, read the conditions of the armistice," Marshal Foch said to General Weygand.

General Weygand read the text with a tone of indifference in his voice while Marshal Foch listened with a stoic expression. Admiral Wemyss tried to appear calm or even disinterested, although his movements showed that he was rather tense. Obviously the allies were not really sure whether the German delegation would accept the conditions or break off the negotiations.

As Captain von Helldorf translated the text into German, I was able to observe the reactions of the German delegates since I was standing right next to him. The faces of Secretary of State Erzberger and Count Oberndorff were frozen, and both tried not to show the dismay which they must have felt given the severity of the conditions. I had the impression that they had assessed the situation more accurately and were better able to keep their mental balance than the two officers. General von Winterfeldt and Captain Vanselow, however, could hardly hide their shock. The pale face of General von Winterfeldt reflected desperation and when the clause regarding the occupation of the Rhineland was read I thought that I noticed a tear running down Captain Vanselow's cheek, a man who had spent a long time in Düsseldorf. I too was hard hit by the expectation that my home town would be occupied by foreign troops and wondered what this would mean for my family.

After all important conditions had been read, General von Winterfeldt answered in fluent French asking for an immediate temporary armistice during the time of the negotiations and for an extension of the deadline for acceptance or refusal from 72 to 96 hours. Marshal Foch replied that an armistice could begin only after the armistice agreement had been signed and that any extension of the deadline was impossible as he was bound to the conditions determined by the allied governments. Secretary of State Erzberger drew Marshal Foch's attention to the necessity of transmitting the conditions to the German government and high command and declared that this was impossible within such a short time. A courier would probably be needed who would have to make the entire arduous journey back to Spa. Since Marshal Foch inexorably refused any extension, Erzberger proposed that a member of our delegation be sent as a courier to the high command in Belgium as the volume of the conditions was too large for them to be transmitted via radio as an encoded message. Captain von Helldorf immediately volunteered to act as courier. Erzberger gave him instructions and additional information before he began to prepare for his immediate departure. Marshal Foch pointed out to the German delegation that the deadline for the acceptance of the conditions would expire irrevocably on November 11th at 11 a.m. and that any extension was excluded. Answering Erzberger's questions, however, he granted that negotiations and talks concerning details of the conditions could take place between individual delegation members and that the German delegation could formulate written objections and counterproposals concerning individual articles.

    The meeting was over and the allied officers withdrew without any salutation. After several minutes, we began to walk back to our train where the delegation gathered in the parlor car. The atmosphere was one of deep depression and all the delegates appeared speechless given a situation which was even gloomier than they would have ever expected. Erzberger finally ended the silence.

"We all know what these conditions mean. But even if the situation seems hopeless, we have to do our best in order to cope with it and look to the future. And above all we shouldn't lose hope despite the circumstances," he said.

I admired the calmness with which he spoke these words and the confidence that they reflected even in this situation.

After a short pause, Count Oberndorff answered, "We have to determine now how we want to react to these conditions and what arguments we can present against them."

"We should emphasize that these conditions are actually impossible to implement and insist on longer deadlines for the evacuation of the occupied territories. In addition, we have to make it clear that Germany would fall prey to Bolshevism if we had to hand over most of our weapons and that the continuation of the blockade might cause hundreds of thousands of people to starve to death," Erzberger replied.

The other delegates agreed. During a short lunch, other details were discussed. It was also decided that I as the only remaining German interpreter should assist Captain Vanselow because Count Oberndorff and General von Winterfeldt spoke fluent English and French while Secretary of State Erzberger expected that he would be able to communicate with the aid of the French interpreter.

At around three o'clock in the afternoon, we returned to Marshal Foch's train. The fog had meanwhile disappeared, but thick clouds now made the sky appear even darker. At least it had become somewhat milder and a gentle wind was blowing which whirled up the leaves in some places and made the autumnal forest appear slightly more alive.

A little later, the talks between Captain Vanselow and Admiral Wemyss began in the separated area of Marshal Foch's parlor car.

From the beginning, the distance between them seemed insurmountable. It was as if a wall of mistrust separated Admiral Wemyss from Captain Vanselow and the other members of the German delegation.

"I have the impression that Germany only wants to buy time in order to reorganize its troops and to continue the war afterwards," said the admiral right at the beginning of the negotiations. In addition, the Germans have by no means given up hope that they can starve Britain by continuing unlimited submarine warfare."

Captain Vanselow argued that Germany was sincerely trying to reach an armistice and that revolutionary unrest at the naval bases made it nearly impossible to continue the war at sea.

"The old German elites are claiming a Bolshevik menace to obtain milder armistice conditions and to secure their power in order to prepare a new war as soon as possible," Admiral Wemyss continued.

Captain Vanselow seemed speechless for a moment in the light of a mistrust which he had not expected despite his own experiences that morning. He avoided the piercing look of his conversation partner when he emphasized that the situation was deteriorating by the hour and that Germany was in danger of slipping into anarchy.

"Do you have any questions or remarks regarding the details of the armistice conditions?," Admiral Wemyss asked after another moment of silence.

"Yes", said Captain Vanselow. "The continuation of the allied blockade will make it impossible for the German government to supply the population with food. Germany is close to a hunger catastrophe. Hundreds of thousands of people have already died of starvation and malnutrition during the war."

"Germany is quite well capable of supplying its population with food even if the blockade persists. In addition, the situation in France and Great Britain isn´t much better."

"The hunger will drive the Germans into the arms of the Bolsheviks like the Russians. The allies are now repeating the same mistakes that the Germans made in the peace treaty of Brest-Litovsk in 1917."

"Well," replied Admiral Wemyss, "the Germans shouldn't forget that the allies won the war. The one who has the wind in his sails is the one who succeeds."

I saw that Captain Vanselow felt hurt by the answer even if outwardly he tried to appear calm and composed.

"Do you have any other remarks?," Admiral Wemyss finally asked.

"Yes. Germany is required to hand over 160 submarines. We don't have that many."

Admiral Wemyss seemed thunderstruck.

"Well, how many submarines does the German navy currently have then?"

"At the moment, only about 100 submarines are ready for duty. The others are in docks or still in the process of construction."

"That's hard to believe given the German plans to cut Britain's food supply off by means of submarine warfare."

After Captain Vanselow had assured him that the allies could verify these figures through inspections, he seemed ready to believe that it was true even though his mistrust still seemed almost insurmountable.

"If the Germans don't fulfill the conditions of the armistice or if they give us false information, they must expect that the allies will occupy Heligoland in retaliation," Admiral Wemyss added before the end of the conversation.

"We'll make all efforts to adhere to the conditions as precisely as possible, but it seems almost impossible to implement some clauses."

"In some cases, it may be difficult to fulfill these conditions, but there is no doubt that it´s possible if the Germans really want to."

They both rose to their feet and Admiral Wemyss left the room with a short military salute.

I looked at Captain Vanselow and noticed an expression of deep resignation in his blue eyes.

In the train, the delegates discussed the situation with Secretary of State Erzberger. The other delegation members had also felt the complete mistrust of the allied officers and shared the impression that the allies would not be willing to lift the blockade under any circumstances. We all knew what this meant because almost all members of the German delegation had family members who had starved to death. I immediately thought of Elizabeth´s mother, who was still suffering from malnutrition and her disease.

At the end of the short meeting, Erzberger announced that the German delegation would formulate counterproposals the next day before we had dinner in the dining car. During dinner, all delegation members were absorbed in their thoughts. Hardly anybody said a word, but we all seemed to know what the others thought. Finally, we eagerly withdrew to the sleeping car having spent the past days and nights with almost no sleep. After several hours, I was woken by a noise which, I believed, came from outside. Since a steady flow of thoughts kept me awake afterwards, I got up and looked through a window in the corridor at Marshal Foch´s train, which, like the forest, was lost in complete darkness. Only once in a while did the clouds briefly scatter allowing the moon to throw its quickly changing light on the forest, the bare branches of the trees, and the train, which was standing at a distance. Like the clouds and the light, a steady stream of thoughts ran through my mind. I was glad that the war would come to an end and I would return home, but at the same time I was full of fears concerning our future.

Nadezhda was also ever-present in my mind. I wondered what the end of the war would mean for her and her family. The collapse of Germany and the Austrian-Hungarian empire as well as the annulment of the peace treaty of Brest-Litovsk as a consequence of the armistice would probably lead to a civil war in the Ukraine and possibly also to a new wave of pogroms. I remembered her words that death was always a companion in her life and hoped that she and her family would be able to emigrate soon.

Completely exhausted, I finally returned to my compartment after about half an hour and slept until dawn.

In the morning, the members of the German delegation began to formulate their counterproposals, which I immediately translated into French and English, while heavy rain pattered on the roof and against the windows of the parlor car. The emphasis of the counterproposals lay on the end of the blockade and the return of German prisoners of war, who were to remain abroad according to the allied conditions. However, Secretary of State Erzberger was aware of the fact that the allies would probably remain adamant and at least tried to include a clause stipulating that Germany should receive sufficient food supplies.

In the afternoon, I had finished the translations and went on a longer walk in the surroundings together with Count Oberndorff. However, we could not wander farther than about one and a half miles because the area around the two trains was blocked off by French soldiers. The rain had stopped. However, deep puddles had formed, and the paths were covered in mud. At the same time, however, the clouds began to scatter, and sometimes the sun appeared.

"Today's France is no longer the country I knew before 1914," Count Oberndorff said.

"That's true," I answered. "The war has profoundly changed

all of Europe and has left a mistrust which is going to linger for decades."

"Life is going to be very difficult for people not only in Germany, but everywhere in Europe. I wonder what might happen in Bulgaria, for example, where I worked as an envoy for a long time, or in Russia where the Bolsheviks have taken over."

I talked to him about my time in Odessa, and he told me that he knew the city well.

"No one knows what will happen now and what the end of the war will mean for the city and its residents. Maybe there will be a famine or a civil war, and Odessa will no longer be what it is today, " he said.

We continued to walk for a while in silence, each of us absorbed in his own thoughts and memories before we returned to our train.

At around midnight, we were awoken when a French officer gave Secretary of State Erzberger a telegram stating that the emperor had abdicated and that a new government had been formed. Count Oberndorff asked whether it made sense to continue the negotiations since no one knew whether the new government would accept the armistice and whether it would have the power to fulfill its conditions. Despite the uncertainties, Erzberger decided that the negotiations should be continued as breaking them off could have unforeseeable consequences for Germany. He feared that it could lead to the devastation of the Rhineland by allied troops, which had to be prevented at all costs.

Thus, another meeting between Admiral Wemyss and Captain Vanselow took place, during which I assisted as an interpreter.

Captain Vanselow again emphasized the great danger which Bolshevism meant for Germany and tried to convince Admiral

Wemyss that German troops should not withdraw too soon from the Ukraine and the Baltic States because the population of these areas would otherwise be exposed to the atrocities of the Bolsheviks.

Even though Admiral Wemyss seemed willing to accept this concern, his mistrust remained unbroken.

"Which troops will be sent to the Baltic States, for example, when many German soldiers are demobilized after the armistice?"

"There will be enough volunteers who will assume the task," answered Captain Vanselow.

"What kinds of volunteers did you have in mind?"

"Regular troops and volunteer units which will be formed after the war."

"Who´s going to give us the guarantee that these soldiers aren´t criminals like the Bolsheviks?"

"The German government will prevent that," answered Captain Vanselow.

"If a future government is willing and able to do that…," objected Admiral Wemyss.

Finally, however, he agreed saying that this point might become part of the armistice agreement.

I spent the afternoon and the evening translating Marshal Foch´s answer to the German counterproposals. Most of the German delegation´s requests had been refused. Some delays for the evacuation of the occupied territories and the Rhineland had been prolonged slightly, and the width of the neutral zone on the right side of the Rhine had been reduced from 20 to 6 miles. In addition, it was determined that for the time being German troops should stay in those areas which belonged to Russia in the past, as Captain Vanselow had proposed. I felt alleviated because I hoped that this would spare the Ukraine a civil war.

In the evening, a telegram from the German government was delivered which authorized Secretary of State Erzberger to sign the armistice. In a second telegram, the German high command made counterproposals regarding some issues. At the same time, however, it urged the German delegation to conclude the armistice, even if these proposals were not accepted.

Shortly afterwards, Secretary of State Erzberger and I went to Marshal Foch's train in order to inform the allied delegation that the authorization of the German government had arrived and the final meeting could take place that night.

French interpreter Laperche and Marshal Foch examined the telegram, which concluded with the words ´Chancellor End´". Marshal Foch looked at us mistrustfully.

"Is ´End´ the name of the new chancellor? And if so, who is this gentleman and which party does he belong to? He´s entirely unknown to the allied high command and the French government," said Lieutenant Laperche.

"In a telegram, ´end´ means ´period´. It´s not the name of the new chancellor," Erzberger replied.

"But what is the name of the new chancellor?"

Erzberger appeared slightly embarrassed, but he tried to hide his insecurity.

"We don´t know," he replied, "maybe the old chancellor is still in office."

Lieutenant Laperche and Marshal Foch discussed the situation for a moment, and I clearly saw the distrust in their faces.

Finally Marshal Foch returned to us.

"We assume that the sender of this telegram speaks on behalf of the German people no matter who he is and that the German government will be able to adhere to the conditions of the armistice. Otherwise, we´ll impose them by force," he said.

Then Marshal Foch and Secretary of State Erzberger agreed

that they would meet for a last conference at quarter past two that night and sign the treaty afterwards.

As soon as we returned to our train, we had dinner and the delegates talked about the situation for the last time before the final negotiations. The atmosphere was tense. Everyone knew what the conclusion of the armistice meant for Germany. Afterwards, the German army would no longer be able to stop the advance of the allied troops and Germany would be defenseless. Nonetheless, all delegates were aware that there was no alternative to the signing of the armistice. They knew that the consequences of a refusal would be even more serious and could lead to the destruction of western Germany and the division of Germany into separate states. The conversations between the delegates aroused memories of the devastation which I had seen on my way to Compiègne and of the hunger in Germany. I was glad that the war was coming to an end even if the implications for Germany were grave.

Shortly after two o'clock, we left to see Marshal Foch. The path was still covered in the mud created by the rain of the past days, and we had to be careful not to slip or to get caught in the thicket with our coats. It was a starry, cold night. Despite the tension, it reminded me of my trip to the Ukraine and the tranquillity which I felt at that time while looking at the star-filled sky.

In just about two minutes, we had reached the parlor car of Marshal Foch, where the last conference began shortly afterwards.

Every article of the armistice convention was read and then translated into German. Secretary of State Erzberger and the German delegates tried to convince Marshal Foch that it was impossible to adhere to several clauses or that they would render the retreat of German troops impossible and make it more difficult to supply Germany with food. Erzberger begged Marshal Foch not to insist on the delivery of 10,000 trucks because it would otherwise be impossible to transport the German soldiers back. Marshal Foch conceded, finally reducing the number of trucks to be delivered to 5,000. For the first time, I had the impression that his suspicions were starting to dwindle during this conversation and that he had begun to show some faith in Erzberger. Meanwhile, the allies seemed to be sure that the German delegation would sign the armistice and were therefore willing to make some smaller concessions. A longer debate began when the clause was read which stipulated the continuation of the blockade. Secretary of State Erzberger said that this meant that the war went on during the armistice.

"We haven't concluded peace with Germany, and our states are still at war with each other. There is either war or peace. There is no third way," Marshal Foch answered.

"That's not true," said Erzberger. "The third way is the armistice. And a continuation of the blockade could mean that many people in Germany would starve to death especially since many Germans have been severely weakened by the flu."

"A continuation of the blockade wouldn't be fair," Count Oberndorff observed.

Admiral Wemyss slammed his fist on the table and began shouting.

"Not fair? You were the ones who sank our ships without distinction and prior warning. Remember the innocent women and children on the 'Lusitania' and other civil ships who lost their lives due to the torpedoes of German submarines."

"We deeply regret that," replied Count Oberndorff. "But this happened during the war which ends with this armistice."

"We're sorry, too," said Admiral Wemyss, "but this article has been determined by the allied governments and can't be changed. However, a clause has been included in the agreement which stipulates that the allies plan to supply Germany with the amount of food which they consider necessary."

"We appreciate that," replied Count Oberndorff, "but unfortunately this clause doesn't mean that the allies are legally obliged to supply Germany with a sufficient quantity of food."

Admiral Wemyss and Marshal Foch responded with icy silence, and Marshal Foch asked General Weygand to read the next article.

Shortly after five o'clock in the morning, the last deliberations had come to an end, and Marshal Foch proposed that both delegations sign the last page of the convention as it would take some time until the two copies of the entire armistice agreement had been completed. Secretary of State Erzberger agreed, and both delegations began to sign the convention following a short break. During this brief interruption, I looked out of the window onto the moonlit landscape, whose tranquillity and isolation made me think of both death and a life beyond all we had experienced in the past years.

Both delegations sat back down several minutes later, and an officer put two copies of the last page of the armistice convention on the table. Marshal Foch sat in a straight upright position as he usually did during the negotiations when he signed the convention as the first member of both delegations. This moment seemed to be the realization of the great goal of his life, and even his handwriting reflected the impression of self-confidence and triumph which also characterized his facial expression. When he was finished, Admiral Wemyss signed, who appeared more reserved and more distanced than Marshal Foch although he could not entirely hide a certain feeling of pride and relief. Of the German delegation, first Secretary of State Erzberger put his signature on the convention. He was calm and quiet, and his face showed a certain confidence, which he probably owed to his strong Christian faith that had apparently already helped him during the negotiations. After Count Oberndorff, General von Winterfeldt and Captain Vanselow were the last delegation members to sign the treaty. As during the reading of the armistice conditions, it was most difficult for them to suppress the feeling of humiliation which they felt far more strongly than Erzberger and Count Oberndorff. The faces of both officers appeared very tense and they were close to tears when they sealed the end of the war with their signatures.

In conclusion Secretary of State Erzberger read a short declaration emphasizing that the armistice conditions would cast Germany into hunger, chaos, and anarchy. His short address ended with the words:

"A nation of 70 million suffers, but it won´t die."

Lieutenant Laperche translated the speech into French, and Marshal Foch replied energetically, "Très bien" and pushed the last page of the convention with the signatures to the center of the table.

An officer put Marshal Foch´s seal on the document and left the room with it after informing us that we would receive the complete copy of the treaty in about five hours. Both delegations got up.

"Well, gentlemen, it´s over. Go," said Marshal Foch, crisply ending the negotiations.

The allied officers left the room without any salutation and went into the compartment next door where Marshal Foch briefly regarded the signed convention before he put it into a brown leather briefcase.

We waited in silence, lost in thought, in the large compartment of the parlor car while Secretary of State Erzberger was sending several telegrams to the German high command. For the first time, I really became aware of what this armistice meant for my family and all those who were close to me. The Rhineland would be occupied by French, British, and American troops, and at least at the beginning the relationship between the allied soldiers and the German population would be characterized by severe mistrust or even hatred. No one could predict how the food situation would develop, but unfortunately we had to expect that we would have little to eat during the months to come and that more people would become feeble and die of the flu and other diseases especially since food was scarce in France as well. I hoped that Elizabeth and my parents still had sufficient strength and had not become infected because I had not heard from them in the past weeks. I also thought of Nadezhda and her family during these hours and wondered how she was doing and what her future would be like. I remembered the words of Admiral Wemyss when he asked Captain Vanselow which German soldiers would be sent into the Baltic States and the Ukraine. I knew how indifferent many soldiers were towards violence and human suffering after four years of war.

After a while, some allied officers came who discussed the details of the German retreat with General von Winterfeldt and gave Captain Vanselow lists of ships which had to be handed over in the time to come. After more than two hours, we finally returned to our train in order to prepare for our trip back to Spa.

Meanwhile it was about eight o'clock in the morning and I saw how the sun slowly began to penetrate the fog which had formed during the night and suffused the forest in various darker and lighter colors. In the middle of this peaceful isolation, only the two trains and the tracks which led out of the forest in different directions reminded me of the oppressive reality of the human abyss around us.

During the morning, several German officers arrived who

were actually supposed to have participated in the negotiations. They told us that the emperor had fled to the Netherlands. We also found out who had sent the telegram which had authorized Secretary of State Erzberger to sign the convention. Obviously the high command had sent it without being authorized to and without having consulted the chancellor because it had allegedly been impossible to make contact. I had the impression that the high command still pulled a lot of strings and especially tried to keep its authority over the army without assuming any responsibility for the end of the war, which in the eyes of the public should lie with Erzberger and the new government.

At around half past ten we received the complete copy of the armistice agreement and shortly afterwards our train pulled out of the station. After we had left the forest of Compiègne, the curtains were closed because our departure from Compiègne also meant the end of the isolation which had surrounded us so far. The stations which we passed were occupied by large crowds. Most people were glad that the war was over, but some also yelled at us full of hatred towards the ´boches´. After an agonizingly slow ride which took about five hours, we finally reached Tergnier, where we had to wait several hours.

I saw the devastation of war in the former small town where the debris had only been cleared from the wider streets, while all smaller streets and alleys were covered in the ruins of houses. We saw only a few French soldiers who guarded the station. Otherwise the town looked as dead as at our nocturnal arrival several days before.

In the evening, we were finally able to get into our cars and left for Spa. During the ride back, we used almost the same streets as on our way there. This time, however, the streets were full of French soldiers who were marching towards Belgium and behind the German lines full of German soldiers who were retreating hastily and whose faces showed that they were exhausted by the long marches. When we arrived in Spa the next morning, we saw that the revolution in Germany had also reached the Belgian health resort. Red flags were flying on every car, and the soldiers often refused to salute the officers as a workers´ and soldiers´ council had been formed. Count Oberndorff, who had been absorbed in his thoughts almost the entire time, appeared severely depressed when he saw the red flags and heard about the events in Spa. As soon as we got off, I heard a representative of the Foreign Office congratulate him and Secretary of State Erzberger on their unexpected successes in Compiègne. However, this heightened their spirits for only a short time because they knew that the burden of the armistice was far heavier than any alleviation that they had obtained. In addition, Erzberger seemed to feel that he would be among those whom the public and the press would hold responsible for Germany´s defeat. When they said goodbye, they thanked me for my work as an interpreter and wished me the best for my future. I received the order to take the train to Berlin where I was to be discharged from the army.

In the evening, I got on one of the few trains which were still running and left for Berlin. The trip lasted three days because civil war combats were raging in many places. In addition, the first railroad cars and engines were already being confiscated in order to be delivered to the allies because the armistice convention obliged Germany to hand over 5,000 engines and 150,000 railroad cars within 31 days.

In Berlin, I met an older officer who was familiar with the city. He helped me to find the way to the barracks where we both got our certificates of discharge. Afterwards we returned to the station where we met several hundred soldiers, who were obviously getting ready for their departure.

"Who are these soldiers?," I asked him.

"They are members of volunteer corps. You see them everywhere now. They consist of former soldiers, adventurers, and criminals. Allegedly, they're fighting against Bolshevism on behalf of the German government. There are rumors that they'll soon 'defend Germany against Bolshevism' in the Baltic States as well. In reality, they're mercenaries who only care about money, power and violence like their predecessors in the Thirty Years' War."

When I looked into the faces of these soldiers, fear swept through me. They expressed a kind of coldness and ruthlessness which I had not seen often even during the war. These were the faces of people who were capable of everything. I thought of Nadezhda and her mother's expectation that her family would not be able to stay in the Ukraine, and I feared that she was right.

Later that afternoon, I got on the train which was going to take me back to western Germany. This trip also took several days because virtually all available railroad cars were now needed to return the German soldiers from the occupied territories in France and Belgium.

After four days, I finally arrived home. It had been about eight months since I had left my home town.

Elizabeth welcomed me enthusiastically and we were both extremely happy because the war was now over and I would no longer have to leave her. We spent the first days almost exclusively alone, and I told her about my experiences in the Ukraine and in Compiègne. Her mother was better again even though food was still very scarce. My parents were emaciated as well. Like many of their neighbors, however, they were lucky because they owned some larger fields where they were able to grow potatoes and other crops.

After slightly less than one week, the German soldiers left the Rhineland. Two days later, they were followed by French and American soldiers, who established their headquarters in the county town. We got new identity cards for 'residents of the occupied territories'. After the arrival of the French and the Americans, the food supply improved slightly even though many people were still starving like the population in France and Belgium where the transportation of food was still strongly impeded by war devastation.

Several weeks later, I began to work as a translator and interpreter at the allied headquarters in Cologne. In February, I received a letter from General von Winterfeldt in which he told me about the negotiations in December 1918 and January 1919. During these parleys, the extension of the armistice was discussed, which had originally been limited to 36 days. He wrote that the armistice delegation had been escorted by allied soldiers en route to a hotel in Trier where the German delegation was interned during the negotiations before Marshal Foch finally granted the delegates the right to move about freely in the city. One of the topics discussed during the parleys in December and January was the claim that the Germans should put their merchant fleet at the disposition of the allies so that Germany could be supplied with food. In addition, Germany was to deliver large numbers of agricultural machines because the originally required number of locomotives and railroad cars had not been handed over. General von Winterfeldt also wrote that his work as a member of the armistice delegation was becoming an emotional burden on him and that I should be glad not to be obliged to interpret during these parleys.

At around the same time, I read about the difficult situation in the Ukraine in the newspaper, the combats between the Bolsheviks and their opponents, and an imminent famine in Odessa.

In the summer of the year 1919, Elizabeth and I got married and one year later our first son was born. During the first years, we lived in a little house near Cologne. At that time, the conditions slowly began to improve. Especially after the conclusion of the peace treaty, food was plentiful again so that we no longer had to buy provisions from farmers in the surroundings and grow fruits and vegetables in our small yard.

In August 1919, I got a second letter from General von Winterfeldt in which he told me that he had resigned as a member of the armistice delegation because he did not agree with the constantly growing demands of the allies.

In January 1920, I read in the newspaper that Secretary of State Erzberger had been assaulted. He was frequently called a Jew even though he was a Catholic through and through as I knew from the days in Compiègne. This was an expression of strong contempt caused by rapidly spreading anti-Semitism. The fact that this allegation was not true did not stop many people from eagerly absorbing all slander. The assailant was a former officer who hated the new republic like so many members of the volunteer corps, some of whom I had met in Berlin in 1918. I did not know where these developments would lead and what they would mean for our family and all those close to me. I feared that one day the result would be an even more devastating war than the one that we had experienced in the past years. Nevertheless, I always remained hopeful that all would end well."

After Andrea had read the last pages, she put the manuscript aside and abandoned herself to her thoughts for some time. The writings and the diaries on which they were based showed a side of her grandfather and described events in his life which her mother had not told her anything about. In particular she asked herself what had happened to Nadezhda. That same night she began to read her letters. Since Andrea knew only little Russian and the handwriting was hard to decipher, she needed several hours in order to read the first letter, which was written in the year 1924. The postmark and a note from her grandfather showed that it had been on its way for several weeks and almost did not reach its recipient.

Odessa, March 25th, 1924

Dear Carl,

Unfortunately it took a long time until I was able to keep my promise to write to you and I hope that my short letter will reach you.

The situation here is still not easy, but I believe that we have gotten over the worst after the civil war. During the war, soldiers from Russia, France, and Greece were in Odessa, and we had a severe famine at that time. We were all emaciated, but at least we did not become victims of pogroms like many others. Now Odessa is part of the Soviet Union, and a lot is different than it was before the war, but we are getting along. My father still teaches at his old school and my brother has meanwhile returned home after having been dismissed from the Red Army.

I have been studying at the conservatory for two years and want to take the final exam next year. We are making all efforts to emigrate to America, but unfortunately the difficulties are still almost insurmountable. However, we will not give up and firmly believe that we will live in America one day even if my mother says that we are running out of time. She fears that anti-Semitism might grow again and become worse than ever before.

I hope that you are well and at home with your family and

that your loved ones also survived the war. I also hope that I will be able to write you a longer letter not all too far from now and that we will see each other again one day.

Sincerely
Nadezhda

Andrea assumed that it might have been fear of censorship that had prompted Nadezhda to keep her letter as short as possible. She saw that there were two other letters in the briefcase, but she could not decipher their dates so that her most burning question, namely whether Nadezhda and her family had survived the Second World War, remained unanswered at first. Only the next day was she able to read the second letter, which was also written in Russian like the first one.

Dear Carl,

After more than two decades, I am wondering what happened to you. Unfortunately, I could not write to you in the past 22 years because it was impossible and dangerous under the conditions at that time.

I hope that you will receive my letter and I would like to tell you briefly what happened to our family during this long time.

After I had finished my studies, I first taught at the conservatory and gave concerts while we kept trying to get visa for the USA. It wasn't until the year 1931 that we were finally able to emigrate. The authorization came almost at the last minute because the hunger catastrophe in the Ukraine, which so many people did not survive, began shortly afterwards, not to mention the far more terrible events during the Second World War.

It was not easy for us in America at the beginning. We lived in a tiny apartment near New York, and I worked as a secretary in order to support our family. Meanwhile this difficult time is over. I am a professor at a conservatory in New England and my parents live not far away from me near Boston. I hope that I will be able to travel to Europe in the coming years and that we will see each other again.

Sincerely
Nadezhda

When Andrea had a closer look at the last letter, she noticed that it was written in English. This letter, which had been written in the late fifties, showed that Nadezhda had obviously seen Andrea´s grandfather again during a tour through Europe. In this letter, she told him that she had married and had two daughters.

When Andrea told her husband about the letters several days later, both decided to find out what had become of Nadezhda and her family. After a short time, they learned that Nadezhda had obviously been very successful as a pianist after the Second World War and had lived until 1995. She had two daughters, Caroline and Rebecca. Caroline was also a pianist, and Rebecca had become a geologist.

"Rebecca worked at a university and wrote several books, among them one about a dam catastrophe in northern Italy, which she obviously experienced herself in the sixties… the wave of Vajont. Have you ever heard about this disaster?," Andrea asked her husband.

"Yes, I think I read about it once."
"It seems that this wave was one of the highest tsunamis ever

in historical times. It would be interesting to find out more about Rebecca and this story."

"Yes, this is true. But for today, I´ve had enough. I think it´s time for some fresh air."

It was a mild, sunny, almost spring-like winter day and they both went out for a short walk after finishing the work on their desks.

"These diaries tell a story which I didn´t know anything about," said Andrea.

"Our families never tell us everything. Sometimes people´s souls are full of secrets, and events and people are often more strongly interwoven than we know and understand," he added.

"This is true. We would never find out how things and events are interconnected if we didn´t sometimes discover it by chance," said Andrea when they left the house in the light of the warm afternoon sun.

Afterword

The officers, politicians, and diplomats of the armistice delegations are historical personalities. All other characters including the main character are fictitious.

This story is based on the following main sources:

Dubnov, Simon: Geschichte eines jüdischen Soldaten, Göttingen 2012

Erzberger, Matthias: Erlebnisse im Weltkrieg, Stuttgart/Berlin, 1920

Freiherr von Hammerstein, Freiherr von Stein, Marhefka, Edmund: Der Waffenstillstand 1918-1919: Das Dokumentenmaterial der Waffenstillstandsverhandlungen von Compiègne, Spa, Trier und Brüssel, herausgegeben im Auftrag der Deutschen Waffenstillstandskommission, Berlin 1928

Renouvin, Pierre: L'armistice de Rethondes, Paris 1968

Weygand, Maurice: Le 11 novembre, Paris 1932

VAJONT

It was pouring on this cool fall day in New England. Endless rows of thick drops burst on the asphalt and formed trickles, streams, and puddles which merged into little lakes. Rebecca only briefly looked out of the window before her attention returned to the conversation of the students. Even long after the end of her career as a professor of geology she still participated intensively in university life and frequently met professors and students at night. As so often in the recent past, a fierce debate about the pros and cons of technical progress had broken out.

"From the beginning, the development of technology has secured the survival of mankind. Without tools and without the breeding of plants, people would have led a pitiful existence and would never have populated the entire Earth," said Stephen, a student of mechanical engineering.

"That's not entirely true," responded Christian, a German exchange student, who had been studying geology in the USA for a year. "Without the rapid technical development starting in the 18th century, people would have led simpler, but often better and happier lives without the omnipresent destruction of the environment, exaggerated consumption in the industrialized countries, and poverty in the Third World. How long can the ruling economic and political elites and the majority of the people continue on like this before we destroy the Earth and are punished for it like the Israelites in the Old Testament with the deluge?"

"No one can deny the negative effects and the dangers of technical developments," said Rebecca. "But in general, the positive aspects prevail. Technical and medical progress makes our lives better and safer. Without modern medicine and technology, our lives would be far shorter, harder, and more dangerous than we can imagine. In addition, we shouldn´t disregard the great cultural importance of science and technology. People in ancient Egypt and in the Middle Ages built pyramids and cathedrals. Today, we send astronauts to the moon and space probes to remote planets. The world and mankind would be poorer without these developments."

"In reality, many monstrous buildings and research programs are useless, and it would have been better to spend the money to address social issues. Examples of such gigantomania are the huge dam projects of the past, such as in Vajont, which has been forgotten today. This dam caused a flood catastrophe of apocalyptic dimensions, costing the lives of thousands of people," answered Christian and gave Rebecca a piercing look. At this moment, she flinched and sensed that she was unable to answer.

An attempt was made to break the ensuing silence.

"We shouldn´t forget that the largest man-made catastrophes are the result of ideologies which claimed to improve people´s lives and to entirely change the world. In the 20th century alone, many millions of people became victims of fascism and communism within just a few decades. In comparison, even catastrophes like the ones in Vajont and Chernobyl are only marginal events," said one student.

Since it had meanwhile become rather late, one of the professors finally ended the evening´s discussion.

"We won´t solve the great problems of mankind tonight, so let´s go home."

The small group dissolved quickly. While Rebecca was slipping into her coat, one of her former colleagues said goodbye to her, but she hardly noticed. Christian's remark had hit her hard and aroused memories of an event which had left lasting marks.

When she arrived at home, her daughter noticed her depression.

"Oh, Susan, it's actually nothing... Someone just mentioned the Vajont catastrophe," said Rebecca.

"You witnessed it and later also treated this topic in your dissertation."

"Yes... under purely scientific aspects, of course. But I was glad when I had finished those chapters, and I've tried not to think about the event ever since."

"You've never talked about it...," said Susan.

"That's right. I just couldn't and wanted to forget the entire story as soon as possible."

Susan thought back as far as she could remember. It was true. Her mother had never talked about Vajont or her dissertation.

"I don't know much about it except that a huge landslide caused a tsunami which was more than 800 feet high and destroyed a small town and an entire valley," remarked Susan.

"Right. But there's a lot more that I've never told you about... My first boyfriend died during this catastrophe. He was among the engineers who stood on top of the dam in order to observe the landslide. Later I had feelings of guilt because I had left him behind."

Susan took a deep breath.

"You've never talked about him before... Did he study geology as well?"

"Yes, we got to know each other here in America and then went to Italy in order to work with the scientists who did geological research in this valley – something which seemed very promising at that time. We hoped that this would help us in our scientific career. In addition, my relationship with my parents played a role. They had always controlled my life. I finally wanted some freedom and independence and thought that I would find it in Europe."

"But then it was a lot different. At that time, no one could imagine that such a catastrophe would happen."

"No... Based on their calculations, most engineers were convinced that the wave would be no higher than 60 feet and that it would be caught by the dam. But in reality it was..." Rebecca hesitated, and Susan sensed how frightening these memories were for her mother even after all these years. "In reality it was 860 feet high. There had been warnings from some geologists, but no one believed them. I also ignored the danger at the beginning and believed that the engineers and the senior geologists were right. But then I started to have doubts."

"Where were you when it happened?"

"On a mountain high above the dam. The engineers invited me and Jim, my former boyfriend, to observe the landslide with them. This was actually a great honor... But I changed my mind at the last minute. It was so difficult for me to leave Jim behind, but he absolutely wanted to stay and said that nothing would happen and that I shouldn't be so fearful. Nevertheless, something inside of me told me that it would be a deadly mistake to stay. Maybe for the first time in my life I really rebelled and did something that the others couldn't understand. I climbed to the top of that mountain and wanted to watch the landslide from above. But what happened then was beyond anything you can imagine."

"I read once that 340 million cubic yards of debris crashed into the reservoir during this landslide, releasing the energy of three Hiroshima bombs."

"Yes, that's true. The town of Longarone and several other small towns were buried under the wave's mud. It was a ghastly sight."

Susan remained silent until finally Rebecca said:

"I think it's time to go to bed."

"Yes, you're right. I'm going to head home," answered Susan.

As she was leaving, Rebecca said:

"Nonetheless it helped me to talk about it. Except for your father, I've never told anyone about this story."

That night and the following nights, it took Rebecca a long time to fall asleep. Again and again, the memories and images of the catastrophe, which were still present in her mind even after five decades, kept her awake. When her daughter visited her again after several days, she told her about her restless nights.

"Even today I sometimes have tormenting nightmares where I relive these events. Maybe it sounds like a crazy idea, but it might help me if I saw this place once more so that the shadows of the past finally disappear."

"No, that's not a crazy idea," answered Susan.

"Would you go to Italy with me?," asked Rebecca.

"Ok… I'll probably have time during the summer. The rest of the family would have to stay at home, and James can take care of the kids."

"I'll think about it," said Rebecca. "Maybe it would really be good for me."

"Do you have pictures from then?," asked Susan.

"Yes, a few," answered Rebecca and brought a photo album which she kept tucked away far in the back of a bookcase.

One of the photos showed Rebecca at the age of 25 next to a young man. She was rather small and had dark brown, curly hair and expressive brown eyes.

"This picture was taken in 1962, a little more than a year before the Vajont catastrophe."

"The young man next to you is certainly Jim," said Susan.

"Yes. My father photgraphed us shortly before we flew to Italy."

The young man in the photo was slightly taller than Rebecca and had dark blonde hair, blue eyes, and a moustache.

"You spent more than a year in Italy," said Susan.

"Yes, from September 1962 until October 1963. Jim and I had rooms in Longarone… separate rooms, of course. An unmarried couple in an apartment would have been unthinkable at that time."

"How long did you know each other?"

"We got to know each other in 1957… Our relationship went through a lot of good and bad times…"

"It must have been a severe loss for you."

"It was, even though we had actually broken up."

"After the catastrophe you returned to America."

"Right. First I finished my dissertation. Fortunately, I had sent a large part of the material which I had collected for my dissertation to America several weeks before the events in the Vajont valley. Otherwise everything would have been lost. One year after the catastrophe I got to know your father, and we got married shortly afterwards. In many respects, my experiences in the Vajont valley were a deep cut and a rupture in my life."

"I've never been to Italy," said Susan.

"Maybe it's time for you to get to know the country.

Rebecca felt relieved after talking to her daughter and sensed that her decision to return to the place which held so many memories for her was right.

In the spring of the following year, Rebecca began to prepare her trip. She booked a flight to Venice via Rome and reserved rooms in Longarone for herself and her daughter. On the evening of her departure, Rebecca felt the growing tension. It was her first trip to Europe in many years, which was also a voyage into her past. As they were crossing the Alps on the flight from Boston to Rome, the reddish light of the dawn on the summits and the darkness in the valleys brought back even more vivid memories of the events in the Dolomites 50 years ago. At the same time, however, Rebecca also felt that these memories frightened her less than just a few months ago and that it helped her to have Susan along. Shortly afterwards they landed in Venice in sunny, warm summer weather and took a short trip into the city, which looked exactly as Rebecca remembered it. On the way to the city center, she pointed to a house at the edge of a canal.

"That was the administrative building of SADE, which stands for Società Adriatica di Elettricità. It was the electricity company which was responsible for the reservoir in Vajont. This company insisted on continuing the construction of the dam even though many geological questions were unsolved. They wanted to avoid delays so that the power plant produced electricity as quickly as possible," she said.

"I read quite a bit about it," answered Susan. "Safety wasn´t considered as important as it is today."

"This is true," said Rebecca. "The only thing that mattered was that northern Italy was supplied with cheap electricity as soon as possible. Dangers were simply ignored."

Several hours later, Rebecca and Susan returned to the airport and left for Longarone in a rental car. From afar, they saw the summits of the Alps in the mist of the afternoon as they were approaching the Vajont valley along the course of the river Piave.

"Here, about 30 miles from Longarone, the wave was still almost 30 feet high," said Rebecca.

"It´s hard to believe when you see the valley today," answered Susan.

A little more than half an hour later, they reached Longarone. At first glance, nothing reminded them of the devastation which the disaster had left behind five decades ago. With its shingle-covered houses and modern buildings in the center, the town looked like many little towns in northern Italy. Nevertheless, the sight immediately reminded Rebecca of that day in October 1963 when she cast a last look from a helicopter onto the mud-covered hell which the water had transformed Longarone into. In many spots, the mud looked as if someone had smoothed it out carefully. Only the church steeple rose above the gray mass like a memorial which had been miraculously spared by the wave. Shortly before they arrived at their hotel, Rebecca saw the dam, which was illuminated by the last rays of the setting sun. It lay in a deeply cut valley about a mile and a half from the outskirts of Longarone. However, only the upper part was visible. The rest of the dam, which was more than 850 feet tall, was hidden behind the towering rocky walls in the darkness of the valley. Rebecca was at first frightened by the sight. However, her anguish abated quickly and she sensed that she would be strong enough to confront the past.

The next day, Rebecca and Susan went on the first of several longer walks to the former reservoir. They climbed uphill through the narrowing Vajont valley until they had reached the dam, whose top they were unable to see from the bottom of the valley. The dam kept the sunlight from reaching the valley so that it was very cool and almost dark even in the early afternoon. Not far from the dam, a partially filled hollow was still visible even after 50 years. This was the place where the water had spilled over the dam and dropped into the valley, tearing a crater 120 feet in depth into the earth. Afterwards, it turned into a gigantic tsunami, which moved towards Longarone at a terrifying speed.

Rebecca and Susan first had to turn around in order to find a trail which would lead them to the top of the dam. Behind the dam, the debris of the landslide had formed a hill which was higher than the dam itself. After they had left the dam behind them, the landscape lay in the warm rays of the afternoon sun, which made Rebecca's memories appear far less tragic. It took roughly another 30 minutes until they reached the top of the pile of debris, which was covered by young trees showing the first green of the beginning spring. On the one side lay the dam, whose inner side was largely hidden behind debris. On the other side, they had a distant view over the Vajont valley, where a small lake had formed after the landslide, whose water shone in the sunlight.

On the left side of the valley, some hamlets lay high above the dam.

"This is Casso. There, slightly above the village, is where I stood when it happened. The wave reached the lower edge of the hamlet," said Rebecca. "If you have a close look, you still see the traces left by the water."

"You were so lucky that night," answered Susan.

"That's true. If I hadn't listened to my intuition and hadn't climbed so far up the mountain, which actually seemed irrational, I wouldn't have survived."

Finally Rebecca pointed at the mountain on the other side and said,

"That's Monte Toc, whose flank crashed into the reservoir. You can still clearly see it today." For quite some time, both looked at the steep slope, where a huge wound was gaping even after five decades.

"The landslide displaced almost all the water in the reservoir within seconds," said Susan.

"Right", answered Rebecca. "The sliding debris reached a speed of more than 60 miles per hour."

"It must be hard for you to be confronted with all these memories," said Susan.

"It´s easier than I thought at the beginning. I think that it was the right thing for me to return here. Maybe it won´t entirely heal the scars of the past, but hopefully they´ll become smaller."

"This is the most important thing," answered Susan before they started back to Longarone.

The next day, Rebecca and Susan returned to the reservoir.

"I´d like to see the place where I was when the landslide began," said Rebecca and led them both along a forest trail for more than an hour until they reached a point above the village of Casso.

"It must have been here," she said, turning around. "I saw the dam below me on the right side. It was the middle of the night…"

They saw the entire sunlit valley in front of them where the open flank of Monte Toc and the hill of debris in the valley still reminded observers of the unimaginable catastrophe which had happened 50 years ago.

"Do you want to tell me the entire story?," asked Susan.

"Yes, of course," answered Rebecca and closed her eyes for a moment before she continued.

"The last time I stood at this place I was 26 years old and I was working on my dissertation. Jim and I had gotten to know each other in Boston six years before while we were both studying geology. At the end of high school, I was so glad when I was finally able to leave my parents´ house. They argued constantly and were about to get a divorce. Caroline had already started to study music. At home I was under constant control. It was mainly my mother who expected such a high level of obedience and discipline, which she was used to from her own youth. Since

I wasn't as interested in music as Caroline, my parents wanted me to study medicine and were quite disappointed when I opted for geology, a subject which I had always been enthusiastic about in school. I met Jim in a seminar and we took to each other at first glance. He was different in many respects, less reserved, more open and direct, and he also had more friends. Despite or maybe even because of these differences, we got along well at the beginning. The relationship with him held something fascinating for me. It meant the dream of freedom which I had missed at home. But after a while, the first problems started because he had repeated relationships with other women. After about four years, he told me that he wanted to end our relationship. I was crushed and didn't see him for six months. But then I couldn't stand it any longer. One day, I visited him in his apartment and we resumed our relationship. At the same time, we both began to write our dissertations. We studied the geology of alpine valleys and dam projects. Of course, we had heard about the plan to build the tallest dam in the world in the Dolomites, and we also knew that many eminent geologists were doing research in this valley. Jim convinced me to go to Italy in order to collect material, and our professors also believed that this was a good idea. We arrived in Longarone in September 1962 and began to analyze rock samples soon afterwards. While we were still in America, we had already contacted a group of Italian and German geologists with whom we cooperated closely. Among them were Leopold Müller, a very renowned Austrian geologist and engineer, and Edoardo Semenza, the son of Carlo Semenza, who had been responsible for the construction of the dam until his death about one year before.

Jim and I stayed with families in Longarone. I had a room in a rather large house in the center of the village from where I was able to see the dam. My landlady was almost 75 years old, but she was very friendly and we got along very well. This was also due to the fact that she had been a geography teacher and shared many of my interests. After several days, when we talked about my work in more detail for the first time, she said,

"I don´t want to be pushy…, but may I ask you what you think about this project?"

"I don´t know… It seems very promising. The construction of such a reservoir is a big challenge."

"This is true. I am also fascinated by technology. In addition, they promised us a lot: money, jobs, cheap electricity. And the project is intended to show that the construction of such tall dams has meanwhile become routine. But I also have my doubts. The people in the Vajont valley and the mountain hamlets are against the reservoir because many of them have to leave their houses. In addition, they fear that there might be landslides and tsunamis because Monte Toc has always been very susceptible to soil movements. We often hear about smaller earthquakes and loud noise from the mountain flank. And some time ago, farmers discovered a long crack in the slope. The engineers believe that they have everything under control and think that they can manage a possible landslide by raising and lowering the water level. But is that really going to work? I don´t know… Maybe it´s not quite so easy to outwit nature."

"I´ve heard about all that," I said. "Soon I´ll know more. We´ll for sure often talk about it."

"At least I have an expert around now with whom I can discuss all these important issues at night over a glass of wine," she answered with a smile.

Several days later, Jim and I went on a longer evening walk. We walked uphill for a little while and then strolled along the bank of the reservoir. From there, the crack in the slope of Monte Toc was clearly visible. It was about 1.3 miles long and stretched across the entire mountain flank like a big wave.

"What do you think about that?," I asked Jim.

"I think that the idea of the engineers is not bad. If they adapt the water level, it´s possible to control the landslide and there is no danger of a large tsunami."

"Yes, you´re probably right," I answered.

Deep in my mind, however, the first doubts arose when I saw the huge crack in the slope.

"Let´s go home. I still have some work to do," said Jim and we returned to Longarone where Jim lived not far from me. We briefly hugged each other before I went home. During these months, I sensed quite frequently that our relationship would fall apart. Jim was often cold and very reserved, and I had the impression that I actually hardly knew him even though we had spent a lot of time together. Nevertheless, I was very attached to him and knew that the end of our relationship would leave a deep wound.

In the coming weeks and months, we kept taking soil samples from the slope of Monte Toc, which we examined for rock composition and moisture. The results seemed to indicate that the procedure chosen by the engineers was successful. There was only one spot where we had measured very high water pressure at a greater depth, a result which we were unable to explain. However, the chief geologists thought that these measurement values were wrong and believed that the measuring instrument was faulty. Only Carlo, an Italian geology student who belonged to my group, became more and more mistrustful. One day, while we were standing at the bank of the reservoir, he pointed to the slope of Monte Toc.

"Now rocks are falling into the reservoir again like on almost every day lately. Sometimes even trees tip over and slide into the water. To be honest, I doubt whether the measurement result of the piezometer showing high water pressure is really wrong," he said.

"I don´t know," I answered. "There could certainly be any number of explanations. I´ve already wondered whether there might be a layer of clay deep down on which the slope is moving and which we just haven´t found yet."

"I´ve asked myself the same question. You certainly know that recent findings indicate that there was a big landslide a long time ago. According to our engineers and an experts´ report, however, there is no danger that such an event could repeat itself. But the longer I work here, the more I have my doubts. The crack up there is becoming bigger and bigger even though the landslide isn´t moving so fast at the moment."

The same evening, my landlady asked me whether I wanted to drink a glass of wine with her. It was a warm evening in May 1963. The sun was setting slowly and suffused the Piave valley and the dam with an intense reddish-yellowish light.

"How is your work coming along?"

"Not too badly. I´m gathering more and more material for my dissertation."

"You certainly also see some problems up there. The people here tell each other quite a few stories, for example that a large landslide is unavoidable and that the dam might even burst."

"Yes. We see that the crack in the flank of Monte Toc is growing slowly every day. The engineers in fact expect a bigger landslide, but they think that they can control it."

"You know, I understand your fascination with the technical development and I´m very receptive to it. But when it comes to this project, I´ve had my doubts for a long time. The idea for it dates back to the fascist period, which I still experienced myself. At that time, the first plans for a dam in our region were being made. It was intended to be the largest dam in Italy and in all of Europe, entirely in the tradition of Mussolini. You certainly know his projects and buildings, especially in Rome. They were supposed to prove the power of Italy and Mussolini´s, too. These projects were ultimately intended to continue the tradition of the Romans as a dominating power. At that time and even more so after the war, the goal was also to produce as much cheap electricity as possible, which was supposed to make Italy independent of other countries. Doubts were always unwelcome, and a journalist who published a few critical articles was accused of `disturbing public order´. The possibility of a large landslide has always been ignored even though the people in this region have known for a long time that there were large landslides in the past and that there are reasons why Monte Toc is called the ´moving mountain´. And several years ago, the engineers had the crazy idea to build a connection between the front and the back part of the reservoir in case it is divided into two parts as the result of a landslide. I think it would have been better at that time to drain the water and forget the entire project… I hope that you aren´t mad at me because I´m talking so openly about all this with you, but I just feel the urge to tell somebody about my thoughts and to vent my feelings about this topic, and of course I´d also like to hear what you have to say about it."

"Meanwhile I don´t know what to think anymore. At the beginning, I always thought that the geologists and the engineers really had everything under control. But lately I´ve started to have my doubts. Especially the crack in the slope has made me suspicious. I´ve never seen anything like this, and some experienced geologists also say that they have never encountered anything similar."

"Maybe I´m a little bit emotional when it comes to this topic, but it affects me immediately, of course, because Longarone would be the first town to be hit by a tsunami if there were a large landslide."

"Yes, I understand your concerns very well. To be honest, all this worries me, too."

"I´m sorry," said my landlady and laughed. "I didn´t want to scare you or shake your confidence in technology. I just wanted to pour my heart out."

In the following days, this conversation stayed present in my mind. So far, the plan of the engineers to control the landslide by altering the water level seemed to be working, and the landslide slowed down every time when the water level was lower. Nevertheless, I was worried by what I saw and I wondered how long all this could continue.

At the same time, the problems in my relationship with Jim were growing. We no longer saw each other very often and I knew that he had more and more frequent flings with other young women.

On a weekend at the end of July, we both went on a hiking tour through the mountains, which also led us to Casso at the end. I clearly sensed the worries of the residents we met in the streets and I saw the fear in their eyes and their gestures when they glanced at Monte Toc. The deep crack in the flank of the mountain was very conspicuous, and it was also obvious that it had slowly become wider in the past weeks.

On the way back to Longarone, Jim and I talked about our relationship.

"I see little future for us," he said.

I was close to bursting into tears and begged him not to leave me. I told him how strongly attached to him I was and how important our relationship was to me.

Shortly before we reached Longarone, he promised me that he would think about it again.

"If you really absolutely want to, we can continue to see each other," he said.

"Maybe our relationship still has a chance," I answered before we said goodbye to each other.

When I returned home, my landlady saw that I was quite upset.

"You seem to be very unhappy at the moment," she said.

"Ah… I´ve got problems with my boyfriend. I don´t know whether we´ll stay together."

"I don´t want to interfere with your private life," she answered, "but sometimes the end isn´t as bad as we think because it also means freedom and a new start. Why don´t you have a glass of wine and tell me about your adventures at the reservoir? Then everything won´t look quite as bad anymore."

"Thank you," I said with a smile.

"How are things up there?," she asked after a brief pause.

"I don´t know…," I answered. "Right now everything seems more or less in order. But who knows whether it will stay that way? The crack in the slope of Monte Toc is becoming bigger and bigger, and during our hike today I saw how worried the people in Casso are."

"That's understandable. They have livestock on Monte Toc and see with their own eyes every day how the landslide is developing. In addition, it seems that there are more frequent vibrations and that the noise from the mountain is becoming louder and louder."

"This is true. We also feel small earthquakes more often and hear these noises. Nonetheless, most of us are convinced that the Vajont dam is a unique project and that we can be proud to be involved in it."

"If all that SADE promises us really comes true, this might be the case. But I don´t know… I´ve heard rumors about an expert´s report on a large landslide far in the past which might repeat itself in the future."

"I know. We´ve also talked about that. However, a simulation has shown that even in a worst case scenario a tsunami could be no higher than 60 feet."

"If the results of the simulation are correct…"

"Yes, of course. You know, deep down I share these concerns. Maybe it´s my upbringing. It has always been very important to my parents that I set myself a goal and reach it. Any doubts were unacceptable."

"I know that, too. It was also extremely important to my parents that I was goal-oriented and had good marks in school. But with increasing age, all that loses its importance. You see… what we lose in beauty, we gain in independence… Ageing also has its advantages."

"That´s certainly true," I answered and we both laughed.

When we said goodbye to each other after about an hour, I not only had the impression that I had gained a little distance from the problems with Jim for the first time, but I also began to take my doubts about the events in the Vajont valley more seriously.

In the coming weeks, it rained more and more often. In the early fall, the clouds shrouded the valley around the reservoir in a dark gray which covered the landscape like an impenetrable veil. Dense rows of drops drew countless small circles on the water of the reservoir while only the dark, drenched soil of the bank contrasted somberly with the gray of the fog.

Around that time, at the beginning of September, the worries of some geologists grew. It became clearer and clearer that the slope of Monte Toc was moving more quickly no matter whether the water level was high or low.

"Whatever we do… the slope is moving faster and faster,

and no one has a convincing explanation. Everyone seems to be rather helpless," Carlo said to me one day.

"If there were really an impermeable layer of clay in the ground underneath, the rainwater couldn't drain and the slope would begin to slide more and more quickly," I answered.

"That's true. Your theory would be a possible explanation. In this case, the only right thing to do would be to drain the water. But instead, the engineers are clinging to their plan to have the slope glide into the water in an allegedly controlled manner. If you ask me, this is pure madness."

"I can't contradict you," I answered while we were both standing on the dam looking out over the dark stretch of water covered by patches of fog.

During this time, I saw Jim only rarely. However, my dreams and a deep desire bound me to him even though I felt that they would never become reality. The last days of September were the last time when we saw each other more intensively. My feelings for him overwhelmed me, and I begged him in tears not to leave me, but my words no longer seemed to reach him. Deep down, however, I still hoped that I would be able to change his mind at the last moment.

At the beginning of October, the situation around the reservoir was becoming more and more serious. The slope was moving towards the reservoir at a speed of several inches per hour. The landslide was unstoppable. In contrast to the past, it even accelerated when the water level was lowered. Therefore the engineers decided to drain as much water as necessary for the water level to remain 60 feet below the top of the dam because they believed that this would provide protection against the highest possible tsunami.

I discussed the situation with Carlo more and more frequently because he articulated his doubts with an openness which I was not capable of.

"In the coming days, it will probably happen. All the engineers expect a large landslide within the next week. However, they still think that the wave can´t be higher than 60 feet. But something is wrong there. I don´t like this uncontrollable landslide at all. You know what might happen if water in a layer of clay continues to heat up…"

"The water pressure increases, and the landslide suddenly accelerates," I answered.

„Right. When that happens, I´d rather not be around. To be honest, I find it irresponsible that the residents aren´t going to be evacuated or at least warned of an unpredictable tsunami."

"I agree with you," I answered even though I still couldn´t really imagine that the engineers in charge would make such a mistake.

"I´m not sure yet," Carlo continued, "but I´m thinking about going to my parents´ house in Genoa for a few days. You´ll for sure stay here for Jim´s sake alone. In addition, it´s not that easy for you to just go to a relative´s house for a few days."

"You´re right," I answered with a sad smile.

My landlady was also becoming more and more tense. When I told her about Carlo and his plans, she admitted that she had the same idea.

"I´ve also thought about leaving, and probably I´ll do that. Even though SADE and its engineers claim that they have everything under control, I don´t believe it. Even though people here are somewhat worried, ultimately no one can imagine that a tsunami could also reach Longarone. But I´m not that sure…"

"When you leave, I´ll hold down the fort here," I answered.

"Fine. Unless you want to leave, too…"

"I fear that it won´t be possible."

"I know. For you a lot depends on this dam," she answered before we said goodbye to each other late in the evening.

Soon afterwards, on October 8, 1963, it was clear that there would be a large landslide the next day. The engineers were so sure that the dam would catch any wave that they decided to meet on the dam on the evening of the next day in order to observe the landslide and the tsunami. My landlady had also heard about the plan.

"I already told you about it a few days ago...," she said to me after dinner. "Tomorrow, I'm going to my daughter's house in Florence for a week. I don't like the way things are going here. By the way, this morning I heard that the engineers want to gather on the dam tomorrow in order to observe the landslide... a crazy idea! Officially, of course, we're told that there is no danger, and many residents seem to believe it. In any case, most people want to watch the soccer game on TV tomorrow between... What are the names of those teams again?"

"Real Madrid and Glasgow Rangers," I said with a smile.

"Well, you know, soccer isn't really my cup of tea. In any case, I'm not going to stay here to watch the game."

The next morning, she had a worried and sad expression on her face.

"Goodbye, and take care," she said. "Maybe you'll change your mind and leave, too... If you want, you can call me in Florence. We'll certainly find a room for you."

"Thanks a lot," I answered, slightly embarrassed.

"And before you leave, please remember to shut the windows and lock the door. But the way I know you, you certainly won't forget that."

"No, of course not," I replied and we gave each other a hug before she left.

I went to the dam immediately afterwards, where some engineers were already impatiently watching the signs of the impending landslide. From the dam, we saw large boulders and trees falling into the reservoir.

"We're going to meet here tonight in order to observe everything. Engineers and geologists will hardly get a second chance in their lives to witness an event of that kind. Of course, you're welcome to join us," one of the engineers said to me.

"Thank you," I answered. "But I'm not sure yet…"

"You absolutely shouldn't miss such an opportunity. It's going to be an extraordinary event, which geologists are going to remember for a long time."

Jim was also there and briefly said hello to me.

"I'm coming tonight as well," he added. "I think you should also accept the invitation. It's a great honor that you simply can't refuse. In addition, it's very interesting for us as scientists to observe a landslide of this magnitude."

"Sure…," I answered. "But I also have my doubts."

"I think you shouldn't be so fearful. Why don't you think about it again? You'd certainly miss something."

"I'll think about it," I said with slight sadness in my voice.

A short time later I met Carlo, who asked me whether I would like to take a little walk with him. I agreed, and we walked uphill from the dam towards Casso for a while. From there, we saw the spectacle that we had already observed from the dam even more clearly. In shorter and shorter intervals, large boulders and sometimes also groups of two or three trees fell into the water, stirring up waves which spread over a large part of the reservoir.

"It's not looking good," said Carlo. "In any case, I've decided to go to Genoa. My train leaves in two hours. What's going on here is pure madness. By the way, someone told me yesterday that there was an argument during a meeting of the senior engineers a week ago. Allegedly, an engineer insisted that the water should be drained as much as possible and that the population should be evacuated or at least warned of a tsunami. But the managers and his colleagues strictly refused because they believed that another delay in the realization of the entire project was unacceptable. And then they told him that he shouldn´t look at everything exclusively with the eyes of an engineer, but also with those of a manager. Finally he had to give in and voted in favor of the water level being lowered only as far as planned. This story confirmed my decision not to stay here even though they invited me, too, and even though a colleague told me that it might harm my career if I didn´t accept the invitation. But I don´t care. I also gave my friends and acquaintances the advice that they should leave."

"My landlady also went to her daughter´s house in Florence this morning," I said.

"And what are you going to do?"

"I don´t know. I see things just like you do, but I still can´t really imagine that the engineers in charge could make such a mistake."

"I think they can because they underestimate dangers and overestimate themselves and because their careers are more important to these SADE managers than anything else."

After a moment of silence, he continued:

"I have to leave now. Otherwise, I´ll miss my train. Think about it again. By the way, here´s my phone number. You can call me any time."

"Thanks a lot," I answered.

"Goodbye... and be careful," he said before he left.

Meanwhile it was around two o´clock in the afternoon. There were almost no clouds in the sky, and the air was very clear so that one had a distant view of the summits of the Dolomites, which shone in the bright sunshine while the base of the dam lay in dark shadows.

I first returned to Longarone and waited until the evening. I was undecided and kept struggling with myself until almost the last minute. It had always been very important to my parents that I fulfilled all expectations of others and in particular teachers and superiors. It was extremely difficult for me to just simply go like Carlo did. In addition, I didn't want to leave Jim behind and hoped deep down that he might still change his mind. However, I kept thinking about Carlo's words, which expressed all my own thoughts and confirmed my worst doubts. Finally, however, I decided to return to the dam and left at around half past eight at night. In Longarone, the TV sets were already running in many bars and restaurants because many people wanted to watch the soccer game, which was scheduled to begin soon. It was a full moon night, and the silhouettes of the mountains in the Piave valley were clearly visible. The Vajont valley, however, lay in deep darkness because hardly any ray of moonlight penetrated to the bottom of the gorge. For this reason, I had taken a flashlight with me in order to be able to see clearly. While I was approaching the dam, however, I noticed a waxing and waning light. It came from the searchlights whose cones moved across the slope of Monte Toc so that the engineers were able to observe everything closely. They shed a cold, unreal light on the mountain, which made the deep darkness of the water appear even more intense. I felt more threatened than ever before. While walking across the dam, I witnessed a frightening spectacle. I paused briefly and saw a large quantity of rocks and groups of trees detach from the slope in the harsh light of the searchlights and fall into the reservoir. They stirred the water up in a way that I had never seen before. The waves also hit the dam, and I thought that I felt their foam on my face. The loud voices of the engineers were booming with excitement because the landslide was imminent and they were firmly convinced that their calculations were right and that the dam would catch the wave no matter what would happen. No longer convinced, I thought of Carlo's warnings and the words of my landlady before our farewell. Although I had been undecided before and had long not wanted to believe that so many engineers and geologists could make such a serious mistake, I began to listen to my own conviction and my intuition, which told me that it would be a fatal mistake to join the group on the dam. Since I didn't know whether I would reach Longarone before the landslide, I decided to walk uphill towards Casso and to watch the event from there. When I approached the group of engineers and geologists, I saw that Jim was among them.

"You've decided to come after all...," he said.

"Yes", I replied. "But I'm not staying long. I'm going to walk towards Casso and watch the landslide from there."

"What do you want up there? You seem to expect a real monster wave."

"Didn't you see the waves just a few moments ago?," I asked him.

He sensed my fright and answered:

"I still think that you're too fearful. The waves after the landslide won't be much higher."

"I wouldn't be so sure," I answered.

"It's too bad that you don't want to stay."

My answer cost me a tremendous effort. After a moment, however, I was able to reply.

"I'm sorry. I'm leaving now. I don't think that we have much time," I said.

"The others are all going to stay. No one here understands that you don't want to be here."

"I know. But my gut feeling tells me that I can't stay with you."

"You shouldn´t listen to your gut feeling too much. It generally misleads you."

"Sometimes it might mislead us, but often there is more truth in the idea than many people believe."

He seemed somewhat astonished because he sensed that he wouldn´t be able to change my mind.

"Too bad," he said. "But it´s your decision, of course."

"Yes," I replied. "And I believe that it´s the right decision."

"Well, take care."

"Thanks… Goodbye… We´ll see each other tomorrow or the day after." Then we hugged each other briefly.

It was difficult for me to leave him behind, but I knew more clearly than ever before that our relationship had come to an end. For the first time, I was ready to go my own way despite all the deep feelings that bound me to him.

When I reached the end of the dam, I turned around for the last time and saw Jim together with the other geologists and engineers. They laughed loudly about something that they didn´t seem to take seriously. It was the last time I saw him. Even though it was completely still at this moment, I knew that it wouldn´t take long and that I had to hurry. I kept walking uphill on a forest trail. I no longer needed my flashlight because the forest became thinner and thinner and the moon illuminated the trail and the slope. In the clear night, not only the moon was visible, but also the stars, the sight of which made the world around me appear a lot less frightening.

I continued climbing towards the light of the remote worlds in the sky. I felt as if I were in a dream and followed my intuition even though common sense told me that it was pointless to walk so far uphill because even the largest tsunami couldn´t possibly be so high. I passed Casso, whose church steeple rose high into the sky next to the small houses. Slightly above the hamlet, I turned around and saw the village below on the left side. I was at a point slightly above the tip of the church steeple and had a view that stretched over the valley and the flank of Monte Toc, over which the light cones of the searchlights were still moving in the same intervals. An almost eerie calm reigned since I had said goodbye to Jim, and even now I hardly heard any noise. At times I thought that I was able to hear the faint voices of the engineers on the dam. Then I felt that Jim and the others were very close, and still it seemed as if an unbridgeable chasm separated us.

About an hour had passed since I had left the dam. It was shortly after half past ten, and I knew that the landslide would probably begin within minutes. The time passed slowly in the middle of the uncanny calm which filled the valley. The reservoir, whose water seemed quiet and still, lay below me in darkness, but its silence was treacherous and menacing as if the water were a sleeping monster which could wake up at any time.

A few minutes later, I heard a noise which sounded like faint rumbling, but I couldn't tell where it was coming from. After several seconds, I noticed that the slope of Monte Toc was moving, first slowly and then faster and faster. The earth began to shake and suddenly a bright, flaring shine filled the valley. The rumbling developed into an indescribable, deafening noise which seemed to come from everywhere at the same time, from all directions, from the earth, the water, the air, and the sky. It was as if the Earth had burst and all elements screamed in their death throes. While the ground below my feet was rocking more and more fiercely, I observed the entire flank of Monte Toc with all that was on it crashing into the valley shrouded by a cloud of dust and evaporating water. I saw the collapsing mountain reach the bottom of the valley and the rocks devour the valley and force their way up the slope on the other side like an unstoppable maelstrom. At the same time, a gigantic water jet shot hundreds of feet into the air, brightly illuminated by the shine on the other side of the valley. It was a terrifying sight and nevertheless only a harbinger of what followed. Several seconds later, I noticed something dark that first seemed like a shadow which was growing at a frightening speed as if the reservoir had turned into a monstrous animal. The tsunami rose higher and higher. It reached Casso and, a few moments later, the height of the church steeple at which I stood. It was moving towards me at an incredible speed. I tried to scream, but my voice failed. Alone and helpless facing death, a tiny creature confronted with an unimaginable power, my entire body was trembling when the huge wave suddenly changed its direction. It narrowly missed Casso, towering almost 60 feet above the houses of the hamlet, and then raced up the valley. At the same time, huge quantities of water mixed with boulders poured down on the slope where I was standing. I sought shelter in a hollow in the ground and covered my head with my arms. I feared that I might drown even though I had escaped the tsunami. The infernal rain of water and boulders from the jet and the crest of the tsunami lasted almost two minutes. When it was over, I got up. My entire body was shaking and I was no longer capable of thinking clearly. The light from the other side was still illuminating a large part of the valley. On my right, however, the bottom of the valley with the dam still lay deep in darkness, which covered the hell hidden there. Only slowly did I become aware of what had happened. I wondered whether the dam had resisted the impact of the tsunami and what had happened to Longarone, but I couldn't and didn't want to imagine the consequences of the catastrophe I had witnessed.

After several minutes, residents of Casso came who had fled from their houses in order to seek refuge on the mountain. Some had very narrowly escaped the tsunami and were so frightened that they were hardly able to speak. We tried to comfort each other with gestures and waited for what was going to come. The encounter with death had traumatized all of us, and it took some time until we were able to talk again. An eerie shine was still filling part of the valley. I asked what it was. A man told me that it was coming from severed high-voltage transmission lines on the slope of Monte Toc. Shortly afterwards, the flickering light went out and only the moon shed its light on the upper part of the narrow valley. After several minutes, the valley reverberated with loud rushing which sounded as if it came from a gigantic river. We could only guess that about 300 feet below us a wide dark river filled the valley and we feared again that we might be devoured by the water. Later I found out that it was the water of the tsunami which flowed back before it streamed over the dam for minutes and poured into the valley behind it. When it was finally over, we were all overcome by despair and I began to cry like never before in my life before utter exhaustion overwhelmed me. I fell into a light slumber from which I was roused at times by troubled dreams. I didn't completely wake up for several hours. By then the moon had set, and the valley below me lay in complete darkness and was frighteningly calm. I was freezing. All I had on was a thin coat which was entirely soaked and offered little protection against the cold of the autumnal mountain night. The people around me crouched on the ground alone or in small groups. Hardly anyone spoke a word. We were all waiting to be saved or to die, overwhelmed by that night's terror. Some time later, the first rays of dawn began to cast their light on the mountains and the valley and slowly unveiled the full dimension of what had happened. The entire valley was filled with mud and debris which formed a gray mass and spread a putrid odor that we were now slowly becoming aware of. We were all shocked to see that the dam was still standing. Only the crest of the dam had been washed away by the tsunami. A gigantic mountain of debris had piled up in front of the dam and almost concealed it from our view. We couldn't see the valley behind the dam and were only able to guess what destruction the water had caused in Longarone. At around nine o'clock, helicopters of the Italian air force landed near Casso and took us to safety. As we flew over the dam, I saw that it was in fact almost undamaged. Behind it, however, a deep crater yawned and at an altitude of 300 to 750 feet uprooted trees showed how high the tsunami had been which had moved towards Longarone. The little town itself was a picture of complete destruction. Almost no house was still standing and the entire valley was covered in a layer of mud which was several yards high and in which helpers were looking for survivors and dead bodies. I couldn't detect any trace of my landlady's house. The entire street was a desert of mud with only a few pieces of debris protruding from the gray mass. It was a landscape of death which I had known only from reports on the First and Second World Wars. Down the river, the Piave valley also offered a sight of horrific devastation. In addition to Longarone, the tsunami had destroyed several other towns and gray mud filled a large part of the valley floor.

The helicopter flew us to a town near Venice where we were first housed in a school. Since I didn't know where to go I called my landlady in Florence the next day. She told me immediately that I could stay at her daughter's house until my return to America. Two days later, I took the train to Florence, where she was residing in a suburb. She welcomed me cordially as always even though she was extremely depressed because of what had happened in Longarone. She had survived, but her house was destroyed and most of her friends and neighbors were dead. Only now did I read all the terrible details of the catastrophe in the newspapers, which made the visions in my head appear even more horrible. I read that the tsunami had suddenly displaced the air in the lower part of the Vajont valley after it had flowed over the dam. The pressure wave which had preceded the tsunami and had hit Longarone had ripped not only the clothes, but also the skin off the bodies of many victims. A total of more than 2,000 people had died in the catastrophe. Many bodies were never found. Among them were also the remains of the engineers and geologists on the dam. It was assumed that the tsunami had washed them into the Adriatic Sea. I was downcast when I read this news. Despite our separation, I still missed Jim and blamed myself because I had survived even though I knew that I couldn't have saved his life.

One report also mentioned that a rock spur had deflected the tsunami in the upper part of the Vajont valley and that only this fortunate coincidence had saved the lives of the residents of Casso and my own at the last moment.

Two weeks later, I flew back to America. Before my departure, my landlady told me that she would stay in Florence because no one knew whether and when Longarone would be rebuilt. After I had thanked her for all she had done for me, she praised me for showing strength.

"It's good that you listened to me and your intuition and not to the others or alleged authorities," she said.

"That's true," I answered and promised her that I would stay in contact with her even after my return to America.

I first spent several weeks at my parents' house after my arrival in the USA and then went on a long trip before I finished my dissertation. The time in Italy, the catastrophe which I had survived only narrowly, and the end of my relationship with Jim meant a deep rupture in my life after which nothing was the way it used to be. Even though I was still mourning Jim, I knew that I had done the right thing and that my decision not to stay with him had not only saved my life, but also meant an important step towards independence for me. After my experiences in the Vajont valley, I was no longer willing to shackle myself so easily to someone or a certain goal no matter how important it seemed to be and to sacrifice everything for it."

"Did you ever see your landlady and Carlo again?," asked Susan.

"Yes," answered Rebecca. "Your father and I later spent our honeymoon in Italy. When we went to Florence, we visited my landlady. Even though she was already quite old at that time, she was still very healthy. She was glad to hear that I had gotten married and told me that she would stay in Florence for the rest of her life and that she meanwhile owned a little house there. At that time, the reconstruction of Longarone had already begun, but it was clear that she didn´t want to return there. Later, at a convention in America, I also met Carlo. Of course we talked about our experiences at the Vajont reservoir. Meanwhile the reason for the landslide had been investigated in detail, and many studies had confirmed that we had been on the right track."

Rebecca and Susan stood in silence for a while and regarded the mountains of the Dolomites, whose summits and ridges contrasted with the light blue sky in the clear air of the cool late afternoon.

"The scenery here is so beautiful, but the traces of what happened are still clearly visible," said Susan and pointed at the slope of Monte Toc.

"Yes," answered Rebecca. "But time is going to heal even these wounds. From a geological perspective, a person´s life is only an extremely brief period… The most important thing is that we draw the right conclusions. I´m still convinced that science and technology mean great progress for mankind, but science clearly also has its limits, as the events in this valley have shown. Its results are subject to errors and changing mentalities. In the sixties, many people were too convinced of the infallibility of engineers and scientists and believed that human willpower was able to overcome all limits. Today, however, the sceptics are often too certain that they possess the absolute truth. But maybe the most dangerous waves aren't tsunamis, but ideologies and political 'movements'. My parents only narrowly escaped devastating wars and the realization of murderous ideologies. The consequences of these experiences not only shaped their entire lives, but also my youth. But all that is over now…"

„You're right," said Susan before they returned to Longarone and left the Vajont valley behind them.